BARBARA DUNLOP
Romance prohibido

Editado por Harlequin Ibérica.
Una división de HarperCollins Ibérica, S.A.
Núñez de Balboa, 56
28001 Madrid

© 2020 Barbara Dunlop
© 2020 Harlequin Ibérica, una división de HarperCollins Ibérica, S.A.
Romance prohibido, n.º 2135 - 4.4.20
Título original: The Twin Switch
Publicada originalmente por Harlequin Enterprises, Ltd.

I.S.B.N.: 978-84-1348-341-2
Depósito legal: M-3822-2020
Impreso en España por: BLACK PRINT
Fecha impresion para Argentina: 1.10.20
Distribuidor exclusivo para España: LOGISTA
Distribuidor para México: Distibuidora Intermex, S.A. de C.V.
Distribuidores para Argentina: Interior, DGP, S.A. Alvarado 2118.
Cap. Fed./Buenos Aires y Gran Buenos Aires, VACCARO HNOS.

MIXTO
Papel procedente de fuentes responsables
FSC® C108412
www.fsc.org

Capítulo Uno

Si hubiese podido elegir una hermana, habría sido Brooklyn.

Me hacía reír.

Todavía mejor, me hacía pensar. Y cuando las cosas iban mal, se tumbaba a mi lado y me escuchaba durante horas. Sabía cuándo me hacía falta helado y cuándo necesitaba tequila.

Además, era inteligente. Siempre había sacado las mejores notas, desde el colegio.

Mis notas nunca habían sido tan buenas, pero se me daba bien escuchar. Y sabía hacer muy bien las trenzas de raíz que tanto le gustaban a Brooklyn.

Desde niñas, pasábamos los veranos juntas en la playa de Lake Washington. Primero en los columpios del parque, después, en el flotador que había en la zona de baño, del que saltábamos al agua para después secarnos al sol en las toallas. Y después, en el bar, donde coqueteábamos con los chicos guapos para que nos invitasen a un batido.

No había podido elegir a Brooklyn como hermana, pero iba a serlo de todos modos. Porque iba a casarse con mi hermano mayor, James.

–Estoy viendo el Golden Gate –comentó Sophie Crush desde el asiento delantero del taxi.

Yo estaba en la parte de atrás, entre Brooklyn y Nat Remington.

–¿Tendremos buenas vistas desde la habitación del hotel? –preguntó Nat.

–Yo quiero vistas al spa –le respondió Brooklyn–. Desde dentro del spa.

–Ya habéis oído a la novia –dije yo.

Me encogí de hombros solo de pensar en que me dieran un masaje y pensé también en los tratamientos faciales. Quería estar lo más guapa posible para el gran día.

Brooklyn había elegido unos vestidos preciosos para sus damas de honor, largos, con mucho vuelo, palabra de honor y de color celeste claro.

Mi pelo cobrizo no era fácil de combinar, pero el azul me sentaba bien. Y aquello era importante para mí porque, con veintiséis años, una boda era un muy buen lugar para conocer a chicos.

En esta estaría en desventaja porque la mitad de los invitados eran familiares míos. Además, ya conocía a casi todos los invitados de Brooklyn, aunque siempre podía quedar algún primo segundo, y no había que despreciar ninguna oportunidad.

El taxi se detuvo delante del hotel Archway.

Tres hombres vestidos con chaquetas de manga corta grises nos abrieron las puertas.

–Bienvenidas a The Archway –le dijo uno de

ellos a Brooklyn, mirándola a los ojos azules claros antes de fijarse en mí.

Tenía una sonrisa agradable y no estaba mal, pero no me interesaba.

No porque tuviese nada en contra de los aparcacoches, tal vez estuviese estudiando a la vez que trabajaba, o le gustaba vivir cerca de la playa y tener horarios flexibles.

Brooklyn salió del coche y el chico me tendió la mano a mí.

La tomé.

Era una mano fuerte, ligeramente rugosa y bronceada. Tal vez fuese un surfero.

Yo no era elitista con respecto a las profesiones. Mi trabajo, el de profesora de matemáticas de secundaria, no era precisamente el más prestigioso del mundo. Así que estaba dispuesta a conocer a todo tipo de personas.

Tenía unos bonitos ojos marrones, la barbilla fuerte y una sonrisa deslumbrante.

Salí del coche y él me soltó la mano y retrocedió.

–Nos ocuparemos de sus maletas –dijo, sin apartar la mirada de mis ojos.

Yo tardé un momento en darme cuenta de que estaba esperando una propina.

Estuve a punto de echarme a reír. No estaba coqueteando conmigo. Hacía aquello con todos los clientes que llegaban al hotel. Así era como se compraba las tablas de surf.

Busqué en mi bolso un billete de cinco dólares y se lo di.

Me recordé que era un fin de semana especial.

Dos botones llevaron nuestras maletas al interior del hotel y nosotras les seguimos.

—Podríamos a ver un espectáculo de bailarines exóticos —dijo Nat.

—Paso —le respondió Brooklyn torciendo el gesto.

Yo sonreí. Sabía que Nat no hablaba en serio. Si lo hubiese dicho Sophie, tal vez me la habría tomado en serio.

—No digas que no antes de tiempo —intervino Sophie—. Al fin y al cabo, ¿qué piensas que estará haciendo James con los chicos?

—¿Piensas que pueden estar viendo un espectáculo de bailarines exóticos? —le preguntó Brooklyn.

—Bailarinas —la corrigió Sophie.

—Los chicos se han ido a ver dos partidos de *softball* seguidos.

—¿Y después? —insistió Sophie.

Yo no me imaginaba a James en un espectáculo de striptease, pero Brooklyn hizo una mueca, como si le pareciese una posibilidad, aunque la idea fuese ridícula.

—¿Acaban de llegar al hotel? —preguntó la mujer que había detrás del mostrador en tono alegre.

—Aquí está la reserva —le respondió Nat, dejando un papel encima del mostrador.

Yo retrocedí y le pregunté a Brooklyn en voz baja:

–No estás preocupada por James, ¿verdad?

Brooklyn frunció el ceño y se encogió de hombros. Después se acercó al mostrador y buscó en su bolso.

–¿Necesita mi tarjeta de crédito?

–Solo necesito una para hacer el *check-in* –respondió la recepcionista–. El último día pueden pagar por separado si quieren.

Yo me coloqué al lado de Brooklyn.

–No va a ir a ver un striptease –susurré, preguntándome cómo era posible que Brooklyn considerase aquella posibilidad.

James era economista, trabajaba en una de las consultoras más conservadoras de Seattle y gestionaba sus redes sociales como si de bombas nucleares se tratase, así que no iba a ir a un club de striptease.

No me lo imaginaba arriesgándose a que alguien le hiciese una fotografía en un lugar así. Además, ya tenía a Brooklyn, que era la mujer más bella del país.

Brooklyn se dedicaba a comprar moda para una cadena de tiendas de Seattle, pero habría podido ser estrella de cine o modelo.

–¿Qué ocurre? –le pregunté.

Ella giró la cabeza y sonrió.

–Nada, ¿qué podría ocurrir?

Pero había algo extraño en su mirada.

–¿Te ha hecho algo James? –le pregunté.

–No.

–Entonces, ¿qué…?

–Nada –insistió Brooklyn, volviendo a sonreír–. Es perfecto. James es perfecto. Voy a reservar una cita en el spa.

–Yo puedo ayudarla –le dijo la recepcionista, devolviéndole la tarjeta de crédito.

Yo no me quedé completamente convencida de que Brooklyn estuviese bien, pero pensé en un masaje con piedras calientas y decidí que todo lo demás podía esperar.

Después del masaje, de ducharme y de vestirme, vi a Sophie en el bar del hotel. Había un trío tocando jazz en un rincón y velas encima de las mesas de cristal.

Yo me había puesto tacones y mi vestido de cóctel plateado, así que me senté en un taburete a su lado para descansar los pies.

–¿Qué estás tomando? –le pregunté.

–Un martini con vodka.

El camarero se acercó, también era un chico guapo.

–¿Qué va a tomar?

Su sonrisa era agradable y sensual y tenía una belleza clásica, unos treinta años, y unos inteligentes ojos grises.

Yo tampoco tenía nada en contra de los camareros, salvo cuando los conocía en su lugar de trabajo. Allí coqueteaban con todo el mundo, como los apar-

8

cacoches, ya que también se ganaban la vida con las propinas.

–Uno de esos –dije, señalando la copa de Sophie.

Le sonreí, pero solo un instante. No quería pasarme la noche charlando con un camarero. Quería pasar la noche con mis amigas.

Al otro lado del bar vi llegar a un chico muy guapo, lo que me distrajo.

Aquel no era camarero, ni aparcacoches, ni tampoco profesor, eso era seguro.

Llevaba un traje perfecto sobre su cuerpo perfecto, iba perfectamente despeinado y tenía un rostro muy atractivo y los ojos brillantes, azules. Parecía recién salido de la portada de una revista de moda.

Se dio cuenta de que lo miraba, pero no me sonrió. Aun así, yo me ruboricé.

Y, entonces, se acabó. Él continuó andando como si nuestras miradas jamás se hubiesen cruzado, como si no me hubiese visto. Y yo pensé que tal vez ni me había visto, que era posible que yo me lo hubiera imaginado.

Había leído una estadística que decía que sesenta y siete por ciento de las mujeres conocían a sus maridos antes de acabar la universidad, así que yo estaba ya en el treinta y tres por ciento restante.

A eso había que añadir que el veintidós por ciento de las mujeres no se casaban nunca, así que mi futuro era sombrío. Solo tenía un doce por ciento de posibilidades de conocer al hombre perfecto.

Por no hablar del cincuenta por ciento de divorcios, porque, en ese caso, me quedaba con un seis por ciento. Y un seis por ciento era una cifra desmoralizante.

–Tierra llamando a Layla –dijo Sophie.

Yo intenté volver a la realidad. Iba a pasar un fin de semana con mis amigas.

–¿Ha bajado ya Brooklyn? –pregunté.

Brooklyn y yo compartíamos una habitación y Sophie y Nat, otra, un piso más arriba. Al final, nosotras teníamos vistas al puente y ellas, al edificio de enfrente. Les habíamos ofrecido cambiar, pero a nadie parecía importarle mucho las vistas.

Ambas habitaciones tenían unas bañeras enormes, duchas de vapor y unas camas muy cómodas.

–Todavía no la he visto –me respondió Sophie.

Yo miré a nuestro alrededor, pero tampoco la vi.

–Tengo ocho cojines –le comenté a Sophie.

–¿Los has contado?

–Los he contado.

–¿Y has sacado la raíz cuadrada? –me preguntó ella sonriendo con malicia.

–Si incluyo la almohada, la raíz cuadrada es tres.

–Layla –me susurró Brooklyn al oído, poniendo el brazo alrededor de mis hombros–. Pensé que no ibas a salir nunca de la ducha.

–Es una ducha estupenda –le respondí.

–¿Qué estáis bebiendo? –preguntó Brooklyn, que parecía muy contenta.

–Martini con vodka –le dijo Sophie–. ¿Y tú?

–Me he tomado un *sunburst bramble* en la otra punta del vestíbulo. No os lo recomiendo.

Llevaba un vestido color malva, corto y con escote halter y tacones altos. Como siempre, estaba muy guapa y estilosa.

El camarero apareció como por arte de magia.

–¿No le ha gustado el *sunburst bramble*? –le preguntó a Brooklyn–. ¿Quiere que se lo cambie por otra cosa?

–¿Sería tan amable? –le dijo Brooklyn–. Qué detalle.

Él le dio la carta de cócteles.

–¿Por qué no elige por mí? –le pidió Brooklyn, tocándose la larga melena rubia–. ¿Algo que sea más dulce, tal vez con fresas o un poco de *irish mist*?

Yo puse los ojos en blanco. Aquella era la Brooklyn que había conseguido que nos invitasen a batidos durante todo un verano, salvo que por aquel entonces no había estado a punto de casarse.

–¿Cuántas copas te has tomado? –le pregunté, pensando que tal vez hubiese vaciado el minibar mientras yo estaba en la ducha.

–Solo una, pero me iba a tomar otra.

Yo me dije que no tenía de qué preocuparme. Brooklyn estaba de muy buen humor, y eso era algo estupendo. Al fin y al cabo, aquel era su fin de semana.

El camarero trajo mi copa.

–Voy un momento al baño –nos dijo Brooklyn–. Guardadme la copa si me la traen.

–Hecho –le aseguré yo.

Vi cómo tres hombres la seguían con la mirada. Siempre era así, seguro que Brooklyn ya no se daba ni cuenta.

–Me parece que Nat está empeñada en ver el espectáculo masculino de baile –me dijo Sophie.

–De eso, nada –le contesté yo.

Nat era la más puritana de las cuatro. Era como James, pero en femenino.

–Pues yo tengo la sensación de que quiere liberarse.

El novio de Nat la había dejado un par de meses antes y, desde entonces, no había salido con nadie. Henry le había hecho mucho daño a su autoestima.

Nat llevaba gafas y tenía las mejillas cubiertas por unas bonitas pecas. Su pelo castaño tal vez no fuese muy exótico, y no era tan elegante como Brooklyn, pero tenía una sonrisa preciosa que hacía que se le iluminasen los ojos azules.

–Ahora mismo está charlando con un chico –me dijo Sophie, inclinándose hacia mí.

Yo seguí su mirada con disimulo.

Nat estaba sentada a una mesa, en un rincón, hablando con un chico vestido con chaqueta de traje y camisa blanca. Era atractivo, aunque no mi tipo.

Se oyó un fuerte ruido y yo agaché la cabeza.

La habitación se quedó a oscuras y se oyeron varios gritos.

Después, todo el mundo se quedó en silencio.

–¿Qué ha sido eso? –preguntó Sophie en la oscuridad.

–Se ha roto algo –dije yo.

–Sí.

Mis ojos se acostumbraron a la luz de las velas y pude ver las luces de la bahía por las ventanas.

–Ha sido solo un corte de electricidad –anunció el camarero en tono alegre–. Ocurre a veces. Por favor, siéntense y disfruten del ambiente. La luz no tardará en volver.

–Al menos tenemos bebidas –comentó Sophie, levantando su copa y dándole otro sorbo.

–Eh, chicas –dijo Nat, acercándose y sentándose al lado de Sophie.

–¿Qué ha pasado con tu hombre? –le preguntó esta.

–Cuando se han pagado las luces, ha gritado como una niña asustada.

–Qué decepción –le dije yo.

En ocasiones me preguntaba si quedaban hombres buenos en el mundo. Había hecho una lista de cualidades. No pedía mucho, solo características como integridad y temperamento, pero lo de gritar como una niña asustada no estaba en mi lista.

–Así que jamás te rescataría de un oso –le dijo Sophie a Nat.

–¿Quién necesita que la rescaten de un oso? –le preguntó esta riendo.

–Yo a lo mejor me voy de camping –le respondió Sophie.

–¿Tú?

Sophie era la gerente de un restaurante de cinco estrellas y no era de las que disfrutaban con la naturaleza.

–En cualquier caso, un tipo al que le da miedo la oscuridad no es tu tipo ni el mío –comentó Nat.

Yo pensé que sería estupendo que Nat conociese al hombre de su vida aquel fin de semana, en el que las cuatro estábamos en San Francisco celebrando la despedida de soltera de Brooklyn.

Todas estábamos solteras. Bueno, Brooklyn, por poco tiempo, pero Sophie, Nat y yo no habíamos tenido mucha suerte con los hombres.

Era difícil encontrar buenos candidatos. Habría podido hacer una lista de los defectos de los chicos con los que había salido en los últimos seis meses: demasiado ruidosos, demasiado cerebritos, demasiado intelectuales, demasiado serios.

Sabía cómo sonaba aquello. Y sabía muy bien lo que estaba haciendo con aquella lista. Si me centraba en los defectos de los chicos, no pensaba en que el problema podía ser yo. Aunque en el fondo sabía que el problema era yo.

–¿Dónde está Brooklyn? –preguntó Nat.

–En el baño –le contesté yo.

–Pues ya debería estar de vuelta –comentó Sophie–. Espero que no se haya quedado encerrada en el ascensor –comentó Sophie.

–Voy a buscarla –dije, bajando del taburete.

–Te vas a perder tú también –me advirtió Nat–. O te vas a tropezar y te vas a romper un tobillo.

Pensé que a Nat no le faltaba razón.

Saqué el teléfono y le mandé un mensaje a Brooklyn.

Entonces, volví a subirme al taburete y le di un sorbo a mi copa.

Las cuatro miramos nuestro teléfono, pero pasaron varios minutos y Brooklyn no respondió.

–Se ha quedado encerrada en el ascensor –sentenció Nat.

–O en una ambulancia –intervino Sophie–. Apuesto a que venía corriendo y se ha caído.

–No digas eso ni de broma –la reprendí–. Hay quinientos invitados a la boda.

–Y el pasillo de la iglesia es muy largo –añadió Nat–. ¿Y si se ha roto una pierna?

–No se ha roto una pierna –le dije yo, dándome cuenta de que estaba tentando al destino–. Quiero decir, que espero que no se haya roto una pierna.

Eso habría sido un desastre.

La luz tardó media hora en volver. Cuando eso ocurrió, todo el mundo aplaudió.

El barman se puso a trabajar de nuevo y las camareras empezaron a circular por el salón. Brooklyn todavía no había vuelto del baño y yo miré hacia el vestíbulo en su busca.

—Ahí está —anunció Sophie.

—¿Dónde? —le pregunté yo.

—A la izquierda, charlando con un tipo.

Yo me incliné para intentar verla, pero no lo conseguí.

—Es muy guapo —añadió Sophie.

Yo me bajé del taburete para ver mejor el vestíbulo.

—Guau —exclamaron Sophie y Nat al unísono.

—¿Qué?

Vi una mano muy grande apoyada en el hombro de Brooklyn y casi pude notarla sobre mi piel. No pude ver al resto del hombre.

Entonces, Brooklyn sonrió y la mano desapareció.

Yo me incliné hacia delante, pero el hombre ya se había marchado.

—¿En serio? —inquirió Sophie—. Nosotras tres estamos solteras y la que acaba con un hombre en la oscuridad es ella.

—El destino es muy cruel —dijo Nat.

—¿Cómo era el tipo? —les pregunté yo.

—Muy guapo —dijo Sophie.

—Alto —me contó Nat.

—Alto y guapo —dijo Sophie.

16

–Gracias –les contesté yo.

Brooklyn se estaba acercando a nosotras.

–¿Quién era ese? –le preguntó Nat.

–¿Me lo presentas? –inquirió Sophie.

–A mí primero –dijo Nat.

–No, primero yo –añadió Sophie.

Brooklyn sonrió y sacudió la cabeza. Tenía las mejillas coloradas y un extraño brillo en los ojos.

–¿Qué ha ocurrido? –le pregunté yo.

–Que se ha ido la luz –me respondió.

–¿Sabes cómo se llama? –añadió Sophie.

Brooklyn negó con la cabeza.

–Lo siento.

–Te ha tocado el hombro –le dije.

Me pregunté cómo se habría sentido James si hubiese visto aquel gesto. No le habría gustado.

–Se estaba despidiendo –me dijo Brooklyn como respuesta.

–¿A ti qué te pasa? –me preguntó Sophie.

–¿Os parece normal que un hombre al que no conocéis os toque el hombro?

–No ha sido nada, no me ha besado –dijo Brooklyn.

Pero eso no me hizo sentir mejor.

–Que me bese a mí –intervino Sophie.

Entonces, se me ocurrió que tal vez Brooklyn ya lo conociese, y que por eso no le había extrañado que la hubiese tocado.

Pero, si era así, ¿por qué no nos lo contaba? ¿Sería un antiguo novio? Aunque yo conocía a todos sus novios. Eso era imposible.

–Vamos a llegar tarde al restaurante –nos avisó Nat.

–¿Ni siquiera me han servido la copa? –preguntó Brooklyn.

Justo en ese momento volvió a aparecer el barman.

–A ver si esta le gusta.

Era una copa alta, con un líquido azul verdoso, mucho hielo picado y unas fresas de adorno.

–Gracias –le dijo Brooklyn.

El barman esperó a que lo probase.

Y yo esperé con impaciencia a hacerle otra pregunta.

–Está muy bueno –dijo ella.

Y el barman sonrió de oreja a oreja.

Antes de que me diese tiempo a hablar, el tipo del pelo perfectamente despeinado volvió al bar y yo me estremecí al verlo. Tomé aire.

Él se giró, como si lo hubiese sentido, y nuestras miradas se cruzaron. En esa ocasión no quedó la menor duda de que había ocurrido.

Sonrió de medio lado, no supe si era un saludo o si se estaba burlando de mí, del interés que mostraba por él.

–Tenemos una reserva en el Moonside Room –nos recordó Nat, interrumpiendo mis pensamientos.

Yo me obligué a apartar la mirada.

Y me sentí absurdamente orgullosa de haberlo hecho.

–Puedo hacer que lleven su bebida al restaurante –le dijo el barman a Brooklyn.

No hizo mención de la mía ni de la Sophie, pero así funcionaba el mundo.

–Muchas gracias –le respondió ella sonriendo.

–De nada.

El barman pensaba que tenía algo que hacer a pesar del enorme anillo que llevaba Brooklyn. Tenía un don para no hacer nada pero atraer a los hombres igualmente.

Sophie era muy guapa. Nat, la típica vecina mona, pero ninguna estábamos a la altura de Brooklyn. Los hombres tropezaban al pasar por su lado. Brooklyn conseguía siempre la mejor mesa y el mejor servicio.

Y yo me aprovechaba de todo aquello sin molestarme en ponerme celosa.

–¿Está al otro lado del vestíbulo? –le preguntó al barman.

–Tomen el ascensor dorado, que las llevará directamente a la planta cincuenta y ocho. Mandy las puede acompañar –respondió el barman, haciéndole una seña a una de las camareras.

–Por si no somos capaces de leer el cartel –susurró Nat.

–Por si lo que lleva Brooklyn no es un anillo de diamantes –le respondí yo.

–Los hombres no tienen conciencia.

—Por suerte para James, Brooklyn sí que la tiene.

Mi mejor amiga era la única hija de unos padres fríos y muy ocupados, por lo que Brooklyn había pasado innumerables fines de semana y vacaciones con mi familia. Y se había enamorado de James desde que había tenido uso de razón.

A todo el mundo le había parecido la pareja perfecta, incluida a mí. Y estaba deseando que Brooklyn se convirtiera en mi cuñada, por fin.

De camino al ascensor, me giré a ver si volvía a ver al tipo perfectamente despeinado, pero no lo vi.

Bueno, siempre quedaba el día siguiente.

La sauna y el spa eran lugares mixtos, tal vez le gustasen los spas.

También podría buscarlo en el gimnasio. Parecía ser de los que trabajaban su cuerpo y no me costó imaginármelo en la bici elíptica… o remando.

Sí, me lo podía imaginar remando.

Capítulo Dos

No era una persona madrugadora, por decirlo de alguna manera.

Era muy difícil levantarse con solo un hilo de luz filtrándose por las cortinas opacas, el aire frío de la habitación en el rostro y la comodísima cama. Intenté volver a mi sueño, en el que aparecía un hombre de ojos azules haciendo surf en la playa de una isla tropical mientras un perro jugaba en la arena.

Yo me sentía segura y tranquila dentro de la cabaña, pero no sabía por qué. Intenté recordar los detalles, pero la sensación desapareció y volví a la realidad.

Era por la mañana.

Abrí los ojos y vi que la luz del baño estaba encendida; la puerta, cerrada.

Escuché con la esperanza de que Brooklyn terminase pronto para poder entrar yo.

Miré el reloj que había en la mesita de noche y vi que eran casi las nueve.

Había dormido mucho.

Y tenía hambre.

Mientras esperaba a que saliese Brooklyn, me

pregunté si debía tomarme unos huevos Benedict. Era mi desayuno favorito, pero tal vez no fuese una buena idea, teniendo en cuenta que el vestido de dama de honor me quedaba perfecto.

No obstante, no iba a dejar de quedarme bien por un desayuno.

–¿Brooklyn? –pregunté–. ¿Te falta mucho?

No respondió, así que me levanté de la cama.

Habíamos vuelto a la habitación juntas después de la cena de la noche anterior.

Durante la cena, Brooklyn había estado contenta y habladora, para después quedarse inmersa en sus pensamientos. Era la primera de mis amigas que se iba a casar, así que no sabía si eso era normal. Podía ser normal, pero a mí había algo que me extrañaba.

Había planeado hablar con ella al llegar a la habitación, pero me había quedado dormida cuando ella todavía estaba en el baño.

Empujé la puerta, pero no había nadie.

Me quedé sorprendida y aliviada. Ya no tendría que esperar más, pero me pregunté por qué no me había despertado para desayunar.

Pensé que ojalá que no hubiesen desayunado las tres sin mí. Me costaría menos devorar los huevos Benedict si tenía cómplices.

Me cambié rápidamente, sin molestarme en maquillarme, y me recogí el pelo en una cola de caballo. Vestida con unos vaqueros y una blusa azul, botas y unos pendientes, decidí que estaba lista para bajar a desayunar.

Bajé al comedor que había en la planta baja.

Allí encontré a Sophie y a Nat que, como yo, habían decidido darse un buen desayuno.

–¿Dónde está Brooklyn? –les pregunté mientras me sentaba a la mesa.

–Pensábamos que estaba contigo –me respondió Sophie.

–No estaba en la habitación cuando me he despertado –les conté.

La camarera me ofreció café, que yo acepté agradecida.

–¿Has mirado en el spa? –me preguntó Nat.

–No. ¿No te parece demasiado temprano?

–Debe de estar en el gimnasio –dijo ella–. Su vestido de novia no da margen a ningún error.

Yo volví a preguntarme si debía tomar los huevos Benedict.

Nat le hincó el diente a su gofre, que olía deliciosamente.

–¿Sabe qué va a tomar? –me preguntó la camarera.

–Huevos Benedict –le respondí antes de que me diese tiempo a arrepentirme.

Después me sentí contenta con la decisión. Ya buscaría un rato durante el día para ir al gimnasio.

–Qué fuerza de voluntad tiene esta mujer –comentó Sophie, refiriéndose a Brooklyn.

Yo sonreí mientras le daba un sorbo al café. Era verdad.

Gracias a la insistencia de Brooklyn, siempre que nos tomábamos un batido íbamos nadando hasta las boyas. Y no engordábamos ni un gramo durante las vacaciones. Yo había continuado con la costumbre de nadar para mantenerme en forma.

Y eso se lo tenía que agradecer a ella.

Ya lo haría algún día.

James y Brooklyn estaban buscando casa en Wallingford, que estaba cerca de mi apartamento de Fremont. Después de la boda, podríamos vernos todavía con más frecuencia que antes.

Mientras esperaba el desayuno, le mandé un mensaje de texto.

—Al menos esta vez sabemos que no se ha quedado encerrada en el ascensor —comentó Nat.

—¿Vamos a ir de compras esta mañana? —quiso saber Sophie.

—¿Necesitas algo? —le pregunté yo sin apartar la mirada de la pantalla de mi teléfono.

—Ropa —respondió Sophie—. Fundas de cojín o unas estanterías. Me vendrían bien unas estanterías en la esquina que hay junto a la puerta del patio. Compré dos esculturas de cristal el mes pasado y no tengo dónde ponerlas.

—Yo no necesito nada —intervino Nat.

—En eso no estoy de acuerdo —le dijo Sophie—. Tu apartamento necesita un cambio.

—Es funcional —replicó Nat.

—Es criminal —le dijo Sophie—. Tiene mucho potencial, pero no has hecho nada para aprovecharlo. Deberíamos ir de compras para arreglar el apartamento de Nat.

—¿Por qué no le preguntamos a Brooklyn qué quiere hacer? —sugerí yo, pensando que se suponía que estábamos allí por ella.

Entonces, llegó mi delicioso desayuno.

—A Brooklyn le va a apetecer. Le encanta ir de compras —nos aseguró Sophie.

Yo tomé un primer bocado. Los huevos estaban de muerte.

Me daba igual ir de compras, hacer turismo o tomar el sol en la piscina. Incluso estaba dispuesta a darme otro masaje.

—En ese caso, compraremos cosas para Brooklyn —dijo Nat—. Yo no quiero llenar mi casa de objetos que solo sirven para coger polvo.

—También llamados obras de arte —replicó Sophie mientras sacaba su teléfono—. Si la novia dice que vamos a redecorar tu apartamento, redecoraremos tu apartamento.

—Las cosas no funcionan así —protestó Nat.

Sophie se llevó el teléfono a la oreja.

—Cuento contigo —me dijo a mí—. Hazla entrar en razón.

—No pienso que Brooklyn tenga interés en redecorar tu apartamento —le dije a Nat con sinceridad.

En realidad, yo prefería ir a pasear por la ciudad.

—No responde —dijo Sophie.

Tuve la esperanza de que estuviese en la ducha del gimnasio y no tardase en aparecer.

—¿Qué demonios...? —exclamó Sophie sorprendida.

Yo levanté la vista.

Me coloqué el teléfono justo debajo de la nariz, con una aplicación para buscar amigos abierta. Yo entrecerré los ojos, pero tenía la pantalla demasiado cerca para ver el pequeño mapa.

—¿Qué está haciendo Brooklyn en el aeropuerto? —añadió Sophie extrañada.

Lo primero que pensé yo fue que la habían secuestrado.

Era lo único que tenía sentido.

Brooklyn no tenía ningún motivo para haber abandonado el hotel por voluntad propia. Teníamos cita en el spa y había gofres y chocolate caliente de desayuno. ¿Qué más se podía pedir?

Quise llamar a la policía inmediatamente, pero Nat me convenció de que encontrásemos pruebas antes de denunciar su desaparición.

Y tenía razón.

Así que subimos a la habitación y descubrimos que la maleta de Brooklyn tampoco estaba allí.

Eso significaba que sí se había marchado de manera voluntaria e imaginamos que habría surgido una emergencia en mitad de la noche. Era probable que alguien se hubiese puesto enfermo, tal vez uno de sus padres.

Porque, si le hubiese ocurrido algo a James, me habrían avisado a mí.

En cualquier caso, no tenía sentido que no me hubiese avisado. Yo la habría acompañado.

Entonces, encontré una nota.

Abrí la boca para avisar a Sophie y a Nat, pero la leí y se me cayó el corazón a los pies.

No dije nada y me escondí el papel en el bolsillo de los vaqueros.

—No tiene cobertura —comentó Sophie con el teléfono en la mano.

El icono de Brooklyn había desaparecido de la aplicación.

—¿Se habrá ido de vuelta a Seattle? —preguntó Nat.

—Es posible —le respondí yo.

—¿Deberíamos marcharnos nosotras también? —dijo Sophie.

Deberíamos e íbamos a hacerlo. Al menos, yo.

Pero iba a marcharme sola. Y Brooklyn no había vuelto a Seattle.

—En realidad no sabemos adónde ha ido —les dije—. Será mejor que no nos precipitemos.

Tardé unos minutos, pero convencí a Sophie y a Nat de que se quedaran en el hotel mientras yo me dirigía al aeropuerto con la nota de Brooklyn en el bolsillo:

Layla, lo siento muchísimo, pero no puedo casarme con James. He conocido a mi alma gemela. Por favor, perdóname.

¿Su alma gemela? James era su alma gemela, el amor de su vida.

Al llegar al aeropuerto estudié la pantalla de salidas y deduje que Brooklyn podía haber ido a Sacramento, Reno y Los Ángeles.

Me dije que tenía que haber hecho aquello empujada por el estrés que le debía de causar una boda de quinientos invitados. O tal vez el hecho de que James quisiese tener hijos pronto.

Yo sabía que Brooklyn prefería esperar un par de años. No obstante, eso no podía haberla llevado a romper la relación.

En cualquier caso, iba a averiguarlo.

Pensé en llamar a James por teléfono, pero enseguida descarté la idea porque me pediría que le pasase a Brooklyn y tendría que contarle que no estaba conmigo.

De repente, el icono del teléfono de Brooklyn apareció en mi pantalla. Me dio un vuelco el corazón. ¡La había encontrado!

Estaba en Las Vegas.

Busqué el siguiente vuelo al aeropuerto McCarran, me subí a un avión y cuando quise darme cuenta estaba en el vestíbulo del hotel Canterbury Sands, donde, según mi teléfono, estaba Brooklyn.

Miré a mi alrededor. Era un hotel muy lujoso, con columnas de mármol, madera labrada, macetas con palmeras, iluminación discreta y sillones de cuero.

Dado que no vi a Brooklyn, intenté preguntar por ella en recepción, pero no había ninguna habitación a su nombre. O tal vez sí, pero la recepcionista no quiso darme aquella información.

Intenté explicar que era su dama de honor y que iba a casarse, pero no funcionó. Así que decidí sentarme y esperar allí. Antes o después, mi amiga tendría que pasar por el vestíbulo.

Intenté llamarla de nuevo, pero no respondió, y no quise dejarle un mensaje avisándola de que estaba en Las Vegas, por si salía corriendo.

Decidí que lo mejor era hablar con ella en persona. Quería ver qué cara ponía cuando le preguntase qué demonios estaba haciendo.

Tenía calor y sed, así que pedí un refresco de cinco dólares. También tenía hambre. No me había dado tiempo a terminar los huevos, pero no me animé a gastarme veinticinco dólares en un tentempié.

Aunque fuese un fin de semana de derroches, tenía mis límites.

Antes de subirme al avión le había enviado un mensaje a Nat, para que supiesen que había ido a buscar a Brooklyn, sin contarle lo de que creía haber encontrado a su alma gemela, pero dando a entender que la boda la había puesto nerviosa.

Iba por la mitad del refresco cuando me llamó la atención un hombre que acababa de levantarse y venía en dirección a donde estaba yo. Se detuvo frente a una mesa y se puso hablar, después hizo lo mismo con otra, y con una tercera.

Yo no era buena fisonomista y el tipo todavía estaba lejos, pero habría jurado que se trataba del tipo perfectamente despeinado de San Francisco.

Entonces, me miró a los ojos y noté un chispazo. O era él o, al parecer, me atraía ese tipo de hombres.

Lo vi venir hacia mí y me dije que no debía emocionarme, pero mi cerebro se bloqueó.

–Hola –me saludó, deteniéndose junto a mi mesa.

–Hola.

Se hizo un breve silencio.

–¿Por casualidad no estaría… en San Francisco ayer? –me lancé por fin.

–¿En el Archway? –me preguntó él.

Y yo me sentí aliviada. No me estaba imaginando cosas raras.

–Sí.

–Me había parecido reconocerla. ¿Ha venido por negocios o por placer?

Ninguna de las dos cosas, pero no iba a darle detalles.

–Por placer –le respondí.

Él miró a su alrededor.

–¿Y ha venido sola?

–Sí.

Todavía no había encontrado a Brooklyn así que, técnicamente, estaba sola.

Él sonrió.

–Soy Max Kendrick –se presentó.

Luego bajó la vista a mi vaso.

–¿Le apetece algo más interesante que un refresco?

Yo estuve a punto de contestarle que no, que no había ido allí a ligar, pero era muy guapo y estábamos en un hotel de lujo, así que decidí relajarme un poco.

–¿Ha visto la lista de precios? –le pregunté, sin saber por qué.

Él sonrió todavía más.

–Una o dos veces, sí.

–Claro –balbucí yo, porque no se me ocurrió nada mejor que decir.

–Estupendo –dijo él, sentándose a la mesa–. ¿Qué le apetece?

Yo consideré imitar a Brooklyn y pedirle que escogiese por mí mientras batía exageradamente las pestañas, pero yo no era así.

–Una copa de vino blanco.

–¿De alguna marca en concreto?

–Me da igual.

Él miró a la camarera, que enseguida se acercó.

–¿Nos puede traer una botella de Crepe Falls reserva?

–Inmediatamente.

–¿Una botella? –repetí yo, preguntándome si aquel tipo iba a ser menos caballero de lo que yo me había imaginado y si pretendía emborracharme a primera hora de la tarde.

–Sale mejor así.

–Entonces, ¿no va a intentar emborracharme?

–¿Tiene algún motivo para emborracharse? ¿Va todo bien?

–Todo bien, sí –le respondí automáticamente.

–Si usted lo dice.

–Sí.

Volví a recorrer el vestíbulo con la mirada por si veía a Brooklyn. No podía permitir que Max Kendrick me distrajese.

–¿Seguro que ha venido sola? –me preguntó él.

–Seguro.

–La veo un poco nerviosa.

–Y yo a usted muy desconfiado.

Él se encogió de hombros sin negarlo.

Yo supuse que era justo. Al fin y al cabo, acabábamos de conocernos.

–Estoy buscando a una amiga.

–Entonces, no está exactamente sola.

–Estoy sola hasta que llegue mi amiga.

–Me ha mentido.

–No he mentido.

–Ha omitido información. Me está ocultando algo.

–¿Y usted? ¿Tiene novia? ¿Me está engañando?

–No, no soy de los que engaña –respondió él sonriendo.

La camarera volvió con el vino y él levantó la copa para brindar.

–Por la honestidad y la integridad.

–Por la fe y la lealtad –dije yo, pensando en Brooklyn.

Di un sorbo. Era un vino excelente.

–Ahora que sabemos que estamos los dos en la misma onda, cuénteme algo. Podría empezar por decirme su nombre.

–Layla. Layla Gillen.

–Encantado de conocerte, Layla Gillen. ¿Va a quedarse mucho tiempo en Las Vegas?

–Espero que no.

Él arqueó una ceja.

–¿Tienes algo en contra de Las Vegas?

–No, nada. Es la primera vez que vengo –le respondí, volviendo a buscar a Brooklyn con la mirada.

–¿De dónde eres? –me preguntó Max.

Yo volví a mirarlo a él.

–De Seattle. ¿Y tú?

–Tengo casa en Nueva York, pero viajo bastante. ¿A qué te dedicas en Seattle?

–Soy profesora de matemáticas en un instituto.

Él sonrió de manera extraña.

—¿Tienes algo en contra de las matemáticas?

—Es que no te pareces a ninguna de mis profesoras de matemáticas. De haber sido así, me habría interesado por la asignatura mucho más.

A mí me dio un vuelco el corazón. Sentí que me ardían las mejillas y di otro sorbo a mi copa.

Era evidente que acababa de tener un flechazo. Nunca me había sentido igual.

No quería reservar una habitación en un hotel que costaba setecientos dólares la noche cuando ya tenía una habitación pagada en San Francisco, pero estaba cayendo la tarde y todavía no había visto a Brooklyn.

Max se había despedido de mí después de la comida y yo me había marchado de la mesa fingiendo que tenía algún lugar adonde ir y me había sentado en un cómodo sillón del vestíbulo, enfrente de las puertas de entrada.

El ambiente estaba empezando a cambiar y me di cuenta de que, si quería seguir pasando desapercibida, tendría que quitarme los vaqueros.

Había varias tiendas en el hotel y conseguí encontrar un vestido negro rebajado.

Como no quería arriesgarme a no ver a Brooklyn si entraba o salía, no me molesté en entrar al probador. Llevaba unas botas negras que no eran las mejores para la ocasión, pero como me había puesto un collar de plata y pendientes a juego, pensé que me recogería el pelo en un moño y estaría bien.

A pesar de que no quería dejar de vigilar las puertas, tuve que ir al cuarto de baño, y aproveché para cambiarme de ropa y volver a salir corriendo, con los pantalones vaqueros y la blusa metidos en la bolsa del vestido.

—Me da la sensación de que no tienes habitación.

Era la voz de Max a mis espaldas.

Me sentí avergonzada, como si me hubiesen sorprendido haciendo algo malo.

—Mi amiga sí… —empecé, pero, entonces, me giré hacia él y me quedé sin habla.

Unas horas antes había llevado una camisa azul y un traje gris, pero en esos momentos, con traje negro, camisa blanca y corbata granate, estaba impresionante.

—¿Tienes habitación? —me preguntó.

—¿Vas a una fiesta? —contraataqué yo.

—Yo no lo llamaría exactamente una fiesta —me respondió, fijándose en mi vestido—. ¿Y tú? ¿Tienes plan?

No tenía ningún plan, salvo quedarme en el vestíbulo hasta que viese aparecer a Brooklyn. Me negaba a pensar que mi amiga y su alma gemela iban a pasarse toda la noche encerrados en una habitación de hotel, llamando al servicio de habitaciones y disfrutando del jacuzzi.

—No has encontrado a tu amiga —sentenció Max.

Y, sin darme tiempo a responder, añadió:

—Dime qué está pasando en realidad, Layla.

—Nada.

—¿Eres detective privado?

—No —le respondí, preguntándome si esa profesión le parecía más emocionante que la de profesora.

—¿Has intentado llamarla por teléfono?

—Qué buena idea —le respondí en tono irónico—. Cómo no se me habrá ocurrido antes.

—Supongo que eso es un sí —me dijo él, sin mostrarse ofendido.

—Es un sí —le confirmé.

—¿Habéis discutido?

—No.

—¿Está con un hombre?

Yo estaba intentando no pensar en eso. Quería negarlo, pero no quise mentirle a Max, ni siquiera quería omitir información.

—Es posible —admití.

—Así que te ha dejado por un hombre —comentó Max.

Yo no podía explicarle la situación sin darle demasiada información, así que me quedé en silencio.

—Cena conmigo —me propuso.

Al parecer, le había dado pena.

—No quiero estropearte la fiesta.

—No hay ninguna fiesta. Estoy solo.

—¿Y por qué vas vestido como si acabases de bajarte de lo alto de una tarta nupcial?

–Porque estamos en un buen hotel y son más de las seis.

–No te creo.

–No tienes que creerme, solo tienes que cenar conmigo.

–Entonces, me estás diciendo que no tienes nada que hacer esta noche.

Era imposible que un hombre así, en un lugar así, no tuviese nada que hacer.

–No tengo nada que hacer esta noche –me respondió.

–Pero tienes alternativas.

–Todos tenemos alternativas. Todo el tiempo. Y, en estos momentos, tú eres mi primera opción.

–¿Por qué?

–Te prometo, Layla, que jamás me había costado tanto invitar a cenar a una mujer.

–No puedo –le dije, a pesar de que quería cenar con él.

–¿Por qué no?

–Porque no puedo arriesgarme a no ver a mi amiga. Tiene que pasar por aquí antes o después.

Él me miró con incredulidad.

–No soy ningún experto, pero tengo la sensación de que tu amiga no quiere que la encuentres.

Tal vez Brooklyn no quisiese que la encontrase, pero yo estaba decidida a hacerlo.

–Tal vez deberías esperar a mañana –me sugirió Max.

–No.

–Podemos comer en ese restaurante –me propuso–. ¿Ves la mesa que hay enfrente del vestíbulo? Pediré que nos sirvan ahí.

Yo consideré la opción y me di cuenta de que la puerta del vestíbulo se vería todavía mejor que desde donde estaba en esos momentos.

–Seguro que ya está reservada.

–Y yo estoy seguro de que nos la van a dar –me aseguró Max.

–¿Vienes mucho por aquí? –le pregunté yo, dándome cuenta enseguida de que había sonado fatal–. Lo siento, no quería decir eso.

–Qué pena.

Ignoré el sensual tono de su voz y me negué a mirarlo a los ojos. Habría sido demasiado fácil dejar volar mi imaginación. Y lo último que necesitaba en esos momentos era otra distracción.

–Soy un cliente bastante frecuente –me dijo.

–Qué suerte he tenido.

–Lo mismo podría decir yo.

En esa ocasión lo miré. Al fin y al cabo, no era de piedra. Su sonrisa era cálida y tenía los ojos brillantes, así que me volvió a dar un vuelco el corazón.

Antes de que me diese tiempo a suspirar o a desmayarme, Max se dirigió con paso firme hacia la puerta del restaurante.

–Señor Kendrick –lo saludó la persona que había a la entrada en tono amable.

–Hola, Samantha. ¿Nos puedes dar la mesa que hay frente al vestíbulo?

–Por supuesto, señor.

Sacó dos cartas forradas de cuero de debajo del mostrador.

–Bernard los acompañará.

–Hola, señor Kendrick –lo saludó Bernard–. Me alegro de verlo.

Max esperó a que me sentase yo para colocarse enfrente.

Yo me sentí fuera de lugar y me alegré de haberme quitado los pantalones vaqueros.

Desde donde estaba se veía muy bien el vestíbulo, pero al mismo tiempo era un lugar íntimo.

–¿Le pido al camarero que le traiga lo de siempre? –le preguntó Bernard a Max.

–Sí, por favor –le respondió él.

Luego me miró a mí y me explicó:

–Es un martini clásico con un toque de limón.

–Suena bien.

Tenía la esperanza de que el martini aplacase un poco mi preocupación. Los nervios no me iban a ayudar a encontrar a Brooklyn. Cuando apareciese, aparecería.

–Enseguida vuelvo –dijo Bernard–. Si necesitan algo más, no tienen más que pedírmelo.

–Veo que te conocen muy bien –le dije a Max en cuanto nos quedamos solos.

–Sí, pero tratan bien a todos los clientes.

Esa había sido mi experiencia hasta entonces.

–Yo no suelo comer en este tipo de sitios –admití.

Él apartó la vela del medio de la mesa para que pudiésemos vernos mejor.

–¿Y dónde sueles comer?

–En el Rock a Beach –le respondí–. Es un sitio de pescado y marisco que está en la bahía de Moiler. Tienen mesas fuera, en una terraza cubierta. La cerveza de barril es muy buena. Se puede comer pescado con patatas servido en un cucurucho de papel de periódico o pedir un martillo para abrir el marisco. En invierno, lo cierran con una cortina de plástico y encienden un calefactor en el centro. A mi familia le encanta.

–Suena muy bien.

–Y no hace falta ir vestido de traje.

–Me gustaría que me llevaras algún día –me dijo Max.

Yo me lo pude imaginar y no pude evitar emocionarme.

–Vaya.

–¿Qué ocurre?

–Que estás siendo muy rápido, y muy poco creíble.

–Yo…

–Tienes labia, Max Kendrick, pero quiero que sepas que no vas a conseguir lo que quieres.

–Eres una escéptica, Layla Gillen. Solo estoy disfrutando de nuestra conversación.

Yo no me iba a creer eso, pero tampoco quería prejuzgarlo.

—Está bien, me he equivocado —le dije.

—No, la culpa es mía por haberte transmitido un mensaje erróneo. ¿Te importa si retrocedemos un par de minutos y vuelvo a empezar?

No podía decirle que no, pero tampoco iba a bajar la guardia, por si acaso.

Capítulo Tres

Nos acababan de servir el postre de chocolate cuando vi a Brooklyn atravesando el vestíbulo, con la melena rubia recogida en una cola de caballo.

El postre parecía delicioso. Solo había cenado una ensalada para poder tomármelo, pero no podía dejarla escapar.

—Lo siento —le dije a Max, tomando mi bolso y la bolsa del vestido y poniéndome en pie.

El camarero me miró con sorpresa.

—¿Ocurre algo? —me preguntó Max.

Yo mantuve la mirada clavada en Brooklyn. La vi desaparecer detrás de una columna.

—Luego pagaré —le dije, sintiéndome fatal por dejarle con la cuenta.

También me sentí fatal por dejar aquel maravilloso postre de chocolate encima de la mesa.

Era la segunda vez que me dejaba la comida en el día.

Vi que Brooklyn estaba sola.

Perfecto.

El vestíbulo era octogonal y tenía cuatro puertas que daban a cuatro lugares diferentes. Brooklyn iba hacia una de ellas, la que debía de conducir a la piscina, al restaurante exterior y a un jardín.

Quise llamarla, pero pensé que no me oiría. Y me daba miedo que, si me oía, saliese huyendo. Al fin y al cabo, había hecho todo lo posible por alejarse de mí.

Todavía la tenía lejos cuando la vi desaparecer y eché a correr, entonces, descubrí que había salido por una puerta que daba al jardín.

La seguí, pero al salir al jardín ya no la vi. Seguí un camino bordeado por palmeras, un camino que en un momento dado se bifurcaba.

Me detuve a escuchar.

A un lado se oían voces, música y risas. Podía ver desde allí las luces de un restaurante o bar.

Al otro lado todo estaba en silencio.

A Brooklyn le gustaba la acción, así que seguí la música.

Llegué a una cafetería llamada Triple Palm. Un lugar desenfadado, con mesas y sillas de madera, decorado con velas. Un trío tocaba en un rincón y varias parejas bailaban al son. Aquel no era el tipo de lugar que le gustaba a Brooklyn.

No obstante, recorrí todas las mesas con la mirada y la barra también.

Brooklyn no estaba allí.

No tenía tiempo que perder, así que volví a correr en dirección contraria.

Se fue haciendo el silencio y la oscuridad.

Me detuve a escuchar, pero no oí nada. Supuse que Brooklyn había quedado con su alma gemela en algún rincón íntimo del jardín para hablar o besarse.

No me la imaginaba teniendo sexo en los jardines de un hotel. Brooklyn no era así.

Pero nada de aquello era normal en ella.

Gemí en voz alta.

—¿Layla?

Era Max.

Oí sus pasos antes de verlo aparecer.

—¿Cómo me has encontrado? —le pregunté.

—Buscándote.

Yo puse los ojos en blanco.

—Te he visto venir hacia aquí. No hay muchos sitios a los que ir en esta parte del hotel.

—Iba a dejar dinero en recepción —le dije, sintiéndome culpable.

—¿Para qué?

—Para pagar la cena, por supuesto.

Él hizo un ademán.

—No seas ridícula. Te he invitado yo.

—Pero eso no significa que tengas que pagar. No pretendía dejarte así tirado.

—La has visto, ¿verdad?

Asentí.

—Pero la he perdido.

—¿Has mirado en el Triple Palm?

—No está allí. Y tampoco parece que esté aquí —le

dije, mirando a mi alrededor–. Salvo que se haya escondido en algún rincón.

–Dijiste que estaba con un hombre.

Negué con la cabeza.

–Sé en qué estás pensando. Ella no es así.

–No sabes lo que estoy pensando. ¿No es cómo?

–No está manteniendo relaciones sexuales en el jardín, eso es lo que quiero decir.

Él sonrió divertido.

–Pero un hombre y una mujer pueden hacer muchas otras cosas en un rincón oscuro.

–Lo sé.

Max se me acercó un poco más.

–Este es un jardín muy romántico.

Los altos árboles se cernían sobre sus cabezas. Había pequeños cactus a lo largo del sendero, con flores amarillas y rosas que les daban color. El aire era dulzón y húmedo.

–Eso no es precisamente lo que quería oír –le dije.

–¿Por qué no?

Me miró a los ojos. Su mirada era tan sofocante como el aire, oscura y profunda.

A mí se me olvidó lo que estaba diciendo.

–¿Qué?

Max se acercó todavía más.

–Que eres increíblemente bella.

Yo no pude evitar que el cumplido me reconfortase. Intenté aferrarme a la realidad, pero no era lo que quería.

Max me tocó el brazo. Fue una caricia ligera. Me acarició con el pulgar y yo dejé de pensar en ese momento.

—Max —susurré.

—Layla —me contestó él.

Se acercó un poco más, apoyó una mano en mi hombro desnudo y la otra en mi espalda.

Yo apoyé las manos en su pecho, en un principio para detenerlo, pero no funcionó.

Pasé las manos por la tela de la camisa y sentí el calor de su cuerpo. Tenía el pecho firme y los pectorales bien definidos.

Yo no era una persona frívola, no me fijaba solo en el físico, pero aquel hombre tenía un cuerpo increíble.

Bajé las manos y las pasé por sus abdominales. De repente, me lo imaginé desnudo.

Eso era lo que quería. Hacía mucho tiempo que no deseaba algo tanto.

Max me abrazó como si también fuese yo lo que él quería, y levanté la barbilla porque no podía desearlo más.

Sus labios estaban calientes y húmedos, y el beso fue perfecto.

Sabía a vino bueno y a sueños tórridos.

Separé los labios y nuestras lenguas se entrelazaron, haciendo que me estremeciese.

Mis manos empezaron a moverse solas. Le desabrocharon la camisa, tocaron su piel.

Max gimió.

—Ven —me dijo.

Y yo no entendí lo que quería decir. No me importaba. Solo quería seguir besándolo.

Enseguida averigüé lo que quería decir, y me gustó.

Su habitación estaba muy cerca. Solo tuvimos que recorrer un estrecho camino, cruzar un patio y entrar por unas puertas de cristal.

En realidad, no era una habitación, sino una suite presidencial, o real, o como quisieran llamarla.

Entonces, Max se quitó la chaqueta y la camisa. Y todo lo que había a mi alrededor desapareció. Solo podía verlo a él.

Me bajó el tirante del vestido y me dio un beso en el hombro, haciendo que se me pusiese la piel de gallina.

Respiré hondo y pasé los dedos por sus abdominales, subí a los pectorales, le acaricié los hombros. Después seguí con los labios y sentí su aliento caliente en el pelo.

Sabía que debía parar, que tenía que encontrar a Brooklyn, pero también que quería estar allí.

No tardé en tomar una decisión.

Me quité el vestido yo sola y me quedé en braguitas, dejando las cosas bien claras.

Max volvió a abrazarme y yo apoyé los pechos contra el suyo y sentí que me excitaba más.

Él me levantó en volandas como si no pesase nada y echó a andar.

—Vamos al dormitorio —dijo.

Y yo pensé que era la situación más sexy que había vivido jamás.

Vi una cama enorme, un cabecero acolchado y muchos cojines.

Caímos juntos en la mullida cama, Max encima de mí.

Sentí la colcha suave y fría bajo mi cuerpo. En el techo movía el aire un ventilador.

Max me agarró las manos y se movió a cámara lenta para besarme en los labios.

Yo gemí y suspiré al mismo tiempo, derritiéndome contra sus labios, contra sus muslos y contra su pecho.

Me gustó sentir su peso, que me aplastase contra el colchón.

Me besó despacio, excitándome poco a poco, mientras con las manos solo acariciaba las mías.

Yo me retorcí bajo su cuerpo, separé las piernas.

Lo deseaba. No podía desearlo más.

Aparté las manos de las suyas y lo abracé.

Max me quitó y se quitó la ropa interior, sacó un preservativo y me miró a los ojos.

El azul de sus ojos parecía más oscuro entre las sombras, enmarcados por unas tupidas pestañas.

–¿Estás bien? –me preguntó.

–Estoy estupendamente –le dije.

Unos segundos después éramos uno solo.

–¿Sigues bien? –volvió a preguntarme.

–Sí.

Y empezó a besarme otra vez.

Nos acariciamos.

Max supo dónde acariciarme y yo disfruté recorriendo sus bíceps, sus hombros, cada centímetro de su espalda.

Se movía a un ritmo constante, aumentando el placer poco a poco. Yo levanté las caderas para ayudarlo.

Max hizo que ambos nos pusiésemos de lado y me colocó un cojín debajo antes de volver a moverse en mi interior.

El placer me invadió por completo, me aferré a sus hombros y le clavé los dedos en la piel mientras el mundo se detenía a nuestro alrededor.

Entonces, noté el aire caliente, perfumando, espeso. El sonido del ventilador sobre nuestras cabezas. Lo oí respirar con dificultad, sentí cómo subía y bajaba su pecho, la fuerza de su corazón, su sudor mezclándose con el mío y, por fin, el dulce peso de sus piernas atrapándome.

Max fue el primero en hablar.

–Ha sido…

–Ha sido –corroboré yo.

Me apartó el pelo de la cara y me miró a los ojos.

—Layla —susurró.

Y me dio un tierno beso en los labios.

—Max —le respondí, sonriendo.

Sin duda alguna, había sido el mejor sexo de toda mi vida.

Él volvió a besarme y yo le devolví el beso.

Entonces, me acarició un pecho y me estremecí.

Sus caricias se volvieron más intensas, sus besos, más profundos.

Y yo sentí que mi cuerpo volvía a cobrar vida, que me volvía a excitar.

Una vez en el cuarto de baño de Max, empecé a ser consciente del lujo que me rodeaba. En la bañera cabían por lo menos tres personas, en la ducha se podía hacer una fiesta. Los productos de baño eran exquisitos y las toallas, las más suaves y mullidas del mundo.

Me había dado una ducha rápida y me había puesto uno de los maravillosos albornoces blancos que había encontrado detrás de la puerta, ya que todavía no había recogido mi ropa del salón.

Eso era lo que menos me apetecía de la velada.

Me pregunté cómo podía Max alojarse en una habitación así. Era evidente que tenía medios. Parecía inteligente y tenía mucha clase. ¿Cómo era posible que siendo, además, guapo, todavía estuviese soltero?

Me pregunté si no estaría casado. No llevaba anillo, pero eso no significaba nada. Muchos hombres casados se quitaban el anillo cuando viajaban.

Me miré al espejo y mi cerebro insistió en seguir haciéndose preguntas. ¿Y si no estaba casado? ¿Y si nos enamorábamos y me llevaba a recorrer el mundo…?

Me reí de mí misma frente al espejo.

Era ridícula.

Aquello no era más que una aventura de una noche, tal vez la mejor aventura de mi vida, pero nada más. Iba a encontrar a Brooklyn y la iba a convencer de volver conmigo a San Francisco, o directamente a Seattle. En cualquier caso, iba a encontrarla y la iba a obligar a entrar en razón.

Me iba a separar de Max, eso era todo.

Tenía que admitir que me alegraba de haber hecho el amor con él dos veces. Así había merecido más la pena.

Volví a reírme de mí misma mientras salía del cuarto de baño.

Max estaba en el salón, vestido con un albornoz idéntico al mío. Tenía el pelo mojado, así que llegué a la conclusión de que había otro cuarto de baño en alguna parte.

Vi mi vestido perfectamente doblado sobre un sillón. Dado que no había encontrado mis braguitas en el suelo del dormitorio, di por hecho que estarían con él.

Suspiré en silencio. Una no se encontraba con hombres así todos los días.

Fui hacia el vestido.

–Tengo que marcharme –le dije.

–¿Estás segura?

Estaba de espaldas a él, pero me puse recta al oír la pregunta. No supe si había oído decepción o alivio en su voz.

Me puse las braguitas.

–Todavía tengo que encontrarla.

Dejé caer el albornoz y me puse el vestido.

Llamaron a la puerta.

Yo me sobresalté y sentí vergüenza. Volví a pensar que era posible que estuviese casado.

–Un momento, por favor –dijo él.

–¿Quieres que me vaya al dormitorio? –le pregunté.

Él me miró de un modo extraño.

–No, salvo que quieras hacerlo.

Aquello me hizo pensar que había más posibilidades de que no estuviese casado.

Max abrió la puerta y entró un camarero con un carrito. Vi una botella de champán y dos copas, y una enorme bandeja de plata cubierta por una campana.

–¿Les sirvo, señor Kendrick?

–No, gracias –le respondió Max al camarero, dándole algo que debía de ser una propina.

Max cerró la puerta detrás del camarero.

–He pensado que tendrías hambre.

–No hacía falta… –le dije yo, sintiéndome abrumada por sus detalles.

–Ven a echar un vistazo –me respondió él, sonriendo.

Yo me acerqué.

Enseguida lo olí. Suflé de chocolate.

–¿En serio? –le pregunté.

–Me dio mucha pena que no te lo pudieses comer.

–¿Has pedido que nos traigan el postre?

Él me miró de manera maliciosa.

–Espero que hayas hecho hambre.

Yo sentí vergüenza de repente, bajé la vista y me abracé.

Su mirada se apagó ligeramente.

–Lo siento, Layla.

–No, no –murmuré yo–. Es todo un detalle por tu parte.

–No pretendía incomodarte.

–No me siento incómoda.

–Pues lo pareces.

–Bueno, en realidad, estoy empezando a sentir vergüenza. Al fin y al cabo, estoy en una habitación de hotel con un hombre al que acabo de conocer, que incluso podría estar casado.

–¿Qué? No, no estoy casado. ¿Qué te hace pensar eso?

Yo no supe cómo explicárselo. Sobre todo, porque después de que Max lo hubiese negado, mis sospechas me parecían menos racionales.

–No me has dicho lo contrario.

–Te dije que no soy de los que engaña.

–Pero yo te había preguntado si tenías novia, no esposa.

–¿En serio? Una esposa es mucho más importante que una novia, ¿no crees?

Yo no supe qué responder.

–¿Por qué no me lo has preguntado directamente?

–Porque no se me ha ocurrido hasta después.

Max se quedó pensativo.

–Supongo que a mí tampoco. No estás casada, ¿verdad?

Por un instante, me sentí ofendida, pero me di cuenta de que era una reacción ridícula. Max sabía tan poco de mí como yo de él.

Mi vergüenza se convirtió en humor.

–¿Por qué no me lo has preguntado antes?

–Porque estaba demasiado concentrado en hacerte el amor.

–No estoy casada –le dije.

Él suspiró aliviado.

–Ahora que eso ya ha quedado claro… –miró el suflé–. ¿Vas a dejar que esto se enfríe?

–No.

Max tomó el suflé y la botella de champán; y yo, las dos copas y los platos. Nos sentamos el uno enfrente del otro en la enorme mesa de comedor.

–Entonces, ¿eres ultrarrico, un príncipe o algo así?

Él se echó a reír mientras descorchaba la botella.

—Tengo esto gracias a mi trabajo, nada más.

—¿Qué significa eso?

—Que le hacen un descuento muy importante a mi empresa, nada más.

—¿Qué clase de empresa?

Max me llenó la copa de champán.

—¿De verdad tenemos que hablar de trabajo?

Yo sentía curiosidad, pero no quería molestarlo con eso.

—Supongo que no.

—Quiero fingir que estoy de vacaciones.

—Ojalá estuviésemos de vacaciones.

Max levantó su copa.

Yo lo imité.

—Por las vacaciones.

—Eso mismo.

Una vez que todo aquello se hubiese terminado, cuando James y Brooklyn estuviesen por fin casados, tal vez me marchase de vacaciones. Imaginé que me lo iba a merecer.

El champán estaba delicioso. Me comí el suflé mientras Max me contaba una excursión que había hecho en kayak a la isla del Ángel, en San Francisco.

Así que remaba. Estaba en forma, muy en forma.

La botella de champán se terminó demasiado pronto.

—Tengo que marcharme —volví a decir.

Brooklyn seguía estando en alguna parte.

Él tomó mi mano.

—Quédate aquí, conmigo.

Negué con la cabeza. Me sentía muy cómoda con Max a pesar de que acababa de conocerlo, pero pasar la noche en su habitación me parecía demasiado, por mucho que me apeteciese.

—¿Por qué?

—Porque nos acabamos de conocer.

Él se quedó pensativo y después asintió.

—¿Es demasiado pronto?

—Sí.

No pude evitar pensar que podría haber otra ocasión en el futuro.

Max se quedó en silencio, pensativo otra vez. Tal vez iba a intentar hacerme cambiar de opinión. Tal vez pudiese conseguirlo. Tal vez yo me hubiese precipitado al rechazar su invitación.

—¿Y si no la encuentras? —me preguntó.

—Tengo que hacerlo.

—¿Vas a pasarte toda la noche en el vestíbulo?

En realidad, no lo había pensado. Había imaginado que encontraría a Brooklyn antes y que volveríamos a San Francisco juntas.

—Permite que te reserve una habitación.

Yo no entendí lo que quería decirme.

—Con el descuento correspondiente —añadió, yendo a por el teléfono.

—No…

–Por supuesto que sí. Si la encuentras antes, no pasa nada. Si no, tendrás un lugar donde dormir.

Separé los labios para protestar otra vez, pero no lo hice. Max tenía razón. Si no encontraba a Brooklyn, tendría que buscarla al día siguiente.

Otra opción era quedarme con Max… pero no podía hacerlo. No debía.

–Soy Max Kendrick –dijo este al teléfono–. Quiero hacer una reserva a nombre de Layla Gillen.

Hizo una pausa.

–Una noche. ¿Hay alguna libre en el treinta y cinco?

Tapó el micrófono y me susurró.

–Con un poco de suerte tendrás vistas al Strip.

Yo no necesitaba una habitación con vistas. Prefería una habitación barata. Estaba segura de que, aunque me hiciesen descuento, aquello me iba a doler.

–Perfecto –dijo Max a su interlocutor–. Gracias.

Colgó y volvió a su silla.

–La llave estará en recepción si la necesitas.

–¿Cuánto me va a costar? –le pregunté.

–Setenta y seis dólares.

–Eso no tiene sentido.

–Te he dicho que me hacen mucho descuento. En realidad, solo pagas los impuestos.

Yo no terminaba de entenderlo.

–¿Me van a dar una habitación gratis?

–No, le están dando una habitación gratis a un buen cliente.

–Pero así no pueden ganar dinero.

Max se inclinó hacia delante y me acarició la mejilla.

–Estoy seguro de que no pierden dinero. ¿Quieres que te ayude a encontrar a tu amiga?

–No es necesario.

Tenía que ponerme en pie, pero mis piernas no se movieron.

–Tengo que marcharme –dije en voz alta, para convencerme.

–De acuerdo.

–Gracias por…

No supe cómo decirlo.

–¿El postre? –me preguntó él, arqueando una ceja.

–Por el postre –repetí sonriendo–. Ha sido estupendo.

Conseguí ponerme en pie.

Él se incorporó también.

–Si se hace tarde, pide la llave.

Me dio un tierno beso en los labios y yo quise derretirme contra él, pero supe que, si lo hacía, después no iría en busca de Brooklyn.

Tenía que permanecer fuerte por Brooklyn y por mi hermano.

–Adiós, Max Kendrick. Me alegro de haberte de conocido.

–Lo mismo digo, Layla Gillen.

Capítulo Cuatro

Afortunadamente, había puesto la alarma del teléfono móvil, porque cuando sonó estaba completamente dormida.

El tamaño de mi habitación no era ni parecido al de la de Max, pero era una habitación bonita y cómoda, con unas vistas espectaculares. Me planteé la idea de pedir trabajo en la empresa de Max y volví a preguntarme a qué se dedicaba y si cabía la posibilidad de que necesitasen para algo a una matemática.

Ojalá hubiese podido disfrutar de la ducha o de la bañera, pero no estaba allí por placer. Tenía que ponerme a buscar a Brooklyn, así que me arreglé de manera rápida y bajé al vestíbulo.

La encontré en el restaurante Sweet Garden, en una mesa en el centro del salón.

Así que no tenía escapatoria en esa ocasión.

No me di cuenta de con quién estaba hasta que llegué a su lado. Me quedé inmóvil, de piedra.

—¡Tú! —dije, casi gritando.

Las personas que había alrededor se quedaron en silencio, así que tuve que acercarme más.

—¡Tú! —repetí en un susurro.

Max me miró sorprendido y dejó caer el tenedor sobre los huevos revueltos.

–Layla –me dijo Brooklyn–. ¿Qué estás haciendo aquí?

Yo la miré, estaba furiosa, pero con Max.

–He venido a buscarte, a hacerte entrar en razón. ¿Por qué no respondes al teléfono?

Intenté darle sentido a la situación.

¿Habría sabido Max quién era yo desde el principio? ¿Estaría Max trastornado?

–No sabía cómo decírtelo.

Miré a Max.

–¿Qué es esto? ¿Estás enfermo? ¿Eres un pervertido?

Mis preguntas parecieron sorprenderlo.

Yo seguí hablando:

–¿Por qué has hecho algo tan horrible?

–Layla –me gritó Brooklyn–. Esto no es culpa suya.

Yo seguí fulminándolo a él con la mirada.

–¿No es culpa tuya? ¿No es culpa tuya? –le pregunté.

Se había acostado conmigo la noche anterior y en esos momentos estaba con Brooklyn.

–Ocurrió sin más –dijo Brooklyn–. No lo planeamos.

Max, que me había besado apasionadamente, que me había abrazado con ternura, que me había causado placer y me había invitado a suflé de chocolate.

–Cuéntale lo que has hecho –le exigí–. ¡Cuéntaselo!

–¿Layla? –me dijo Brooklyn, que parecía preocupada.

–No lo sabe, ¿verdad? –le dije a Max–. ¿No te sientes culpable? ¿Cómo puedes ser tan retorcido?

–¡Layla! –exclamó Brooklyn, poniéndose en pie–. Sé que esto tiene que ser duro para ti.

Max se levantó también.

–Es un cerdo mentiroso –le dije a Brooklyn–. Vámonos. Vámonos ahora mismo y olvidemos todo lo que ha pasado.

No tenía claro si debía contarle a Brooklyn lo ocurrido con Max. Tal vez no necesitase saberlo. Tal vez fuese un secreto que me llevaría a la tumba.

Lo importante era que Brooklyn volviese con James.

–Tú debes de ser Layla –me dijo Max a mí.

Yo sentí que la cabeza me iba a estallar.

–No me lo puedo creer.

–¿El qué?

Lo fulminé con la mirada.

Él también me estaba mirando a los ojos. No podía ser mejor actor.

–¿Layla? –dijo una voz detrás de mí.

Aquello era muy extraño.

Me giré y vi a Max detrás de mí. Sentí que me mareaba, que se me doblaban las rodillas.

–¿Layla?

Oí la voz de Brooklyn como si estuviera muy lejos.

—Ehhh.

Max me agarró del brazo, me sujetó para que no me cayese.

—Veo que ya has conocido a mi hermano Colton —me dijo.

—¿Es una broma? —le preguntó Colton a Max.

—¿Una broma? —inquirió Max—. ¿Se puede saber qué está pasando?

—Te presento a Brooklyn —le dijo él.

—¿Este es el tipo? —le pregunté yo a Brooklyn.

—Este es Colton Kendrick —me respondió ella.

Estaba ruborizada. Era normal que se sintiese avergonzada.

—Brooklyn está prometida —informé a Colton directamente.

—Soy consciente de ello —admitió él.

—¿Qué estáis haciendo? —preguntó Max.

—Es complicado —le respondió su hermano.

—Es muy sencillo —intervine yo, mirando a Colton y a Brooklyn—. Brooklyn se va a casar con mi hermano James dentro de tres días en la catedral de St. Fidelis. Hay quinientas personas invitadas.

Colton miró a Brooklyn con una ceja arqueada.

—¿Quinientas?

—¿Qué más da eso?

—Me resulta inquietante.

—Olvídalo…

–Eh –los interrumpí–. ¿Os importa volver a la realidad?

–¿Con tu hermano? –me preguntó Max.

–Hace años que están enamorados –le expliqué yo.

–Eso sí que es una complicación.

–Ha sido un error, una fase, nada más.

–Eso deberíamos preguntárselo a ellos.

Yo pensé que la persona con la que debía mantener aquella conversación era Brooklyn, no Max. Max no tenía nada que ver.

Había pasado la noche y la mañana deseando poder verlo una vez más. En esos momentos no quería volverlo a ver en mi vida. Mis recuerdos de la noche anterior iban a estar siempre manchados por aquellas horribles circunstancias.

–¿Podemos ir a hablar a alguna parte? –le pregunté a Brooklyn.

Ella miró a Colton antes de responder.

–Ve –dijo él–. No puedes seguir escondiéndote.

Pero Brooklyn no parecía convencida y eso me dolió. Era mi mejor amiga. Lo había compartido todo con ella. Y aquel hombre se estaba interponiendo entre James y ella. Entre ella y yo.

Había que impedírselo.

Brooklyn fue hacia el pasillo que llevaba hacia los jardines del hotel.

Fuimos en silencio hasta llegar al Triple Palm, que estaba muy tranquilo, y nos sentamos.

Una camarera nos trajo café y zumo de naranja, y en cuanto se marchó yo me lancé a hablar:

—¿Qué está pasando? —le pregunté, sin esperar a que me respondiera—. Te marchas del hotel a escondidas, me dejas una nota, no respondes al teléfono y te lías con un tipo...

—No es un tipo ni nos hemos liado.

—¿Lo conoces? ¿Lo conocías ya antes del viernes?

A juzgar por la expresión de Brooklyn, la respuesta era no.

—Entonces, no es más que un tipo —continué—. A James lo conoces desde hace años. Lo amas desde hace años.

—No lo tenía planeado —me respondió Brooklyn con la voz quebrada.

Yo no quise sentir pena por ella. Ni siquiera quería escuchar su versión de la historia. Estaba decidida a defender a mi hermano.

—No quería esto —añadió.

—Entonces, ¿por qué lo has hecho?

Ella miró hacia el jardín antes de responder.

—Es que Colton... —empezó—. Es... Somos...

—¿Tienes un tumor cerebral? —le pregunté, pensando por primera vez que tal vez aquella situación no fuese culpa de Brooklyn.

Ella puso los ojos en blanco y le dio un sorbo a su café.

–No, no tengo un tumor cerebral.

–Si quieres, podemos ir a que te hagan un TAC. Seguro que hay algún lugar en Las Vegas. Si le pasa algo a tu cerebro…

–A mi cerebro no le pasa nada, está perfectamente bien, muchas gracias.

–¿Cómo lo sabes?

–¿Quieres parar ya?

Brooklyn dio otro sorbo a su café.

Yo la imité. Era muy difícil discutir por la mañana sin un buen chute de cafeína.

La camarera volvió antes de que a Brooklyn le diese tiempo a responder.

–¿Quieren comer algo? –nos preguntó.

–Una magdalena de avena para mí –le respondió Brooklyn.

–Un gofre –dije yo–. Con fresas, nata montada y chocolate.

Era lo mínimo que me merecía, dado el estrés de la situación.

–De todos modos, ya no tengo que meterme en el vestido de la boda –comenté.

–Tal vez…

–Entonces, ¿no has tomado una decisión?

–Yo…

Agarré la mano de Brooklyn.

–Cielo, tienes que terminar con esto antes de que sea demasiado tarde.

Su gesto era de remordimiento.

–¿Lo saben Sophie y Nat?

–No les enseñé la nota. Esto solo lo sé yo.

Ella esbozó una sonrisa.

–Gracias.

Saqué el teléfono para mandarle un mensaje a Sophie.

–¿Qué estás haciendo? –me preguntó Brooklyn preocupada.

–Decirles que te he encontrado. Les conté que necesitabas pasar la noche sola, pero que volveríamos hoy.

–No.

La miré a los ojos, me dije que tenía que estar tranquila. Brooklyn estaba nerviosa y confundida y yo tenía que hacerla volver a la Tierra.

–Tenemos que volver –le dije.

–No puedo.

–Pues tampoco puedes quedarte aquí –le dije, mirando a mi alrededor–. Esto no es real. Él no es real.

–No.

–Ni siquiera lo conoces.

–Tal vez no, no del todo, pero… nunca me había sentido así, ni siquiera con…

–James. Tu prometido. El hombre al que amas.

A Brooklyn se le llenaron los ojos de lágrimas.

–Es cierto, amo a James.

Yo empecé a relajarme un poco.

–Pero no estoy enamorada de él –añadió.

–Eso no tiene sentido –le dije.

—Yo lo que quería era ser tu hermana.

Le apreté la mano.

—Eres mi hermana.

—Quiero a tu familia.

—Y nosotros a ti. Te queremos todos. El futuro va a ser estupendo.

Lo único que tenía que hacer Brooklyn era levantarse de aquella mesa, entrar en un taxi conmigo y dirigirse al aeropuerto. Había vuelos a San Francisco todo el día. Tomaríamos uno y nos olvidaríamos de que aquello había ocurrido.

Pensé en Max.

Bueno, tal vez no lo olvidase todo. Por mucho que quisiese, mi noche con Max iba a ser difícil de olvidar.

—No me estás escuchando —me dijo Brooklyn.

—Eso es porque no sabes lo que dices.

Llegó nuestro desayuno y ambas nos dimos un respiro.

El gofre tenía una pinta estupenda, pero yo no estaba segura de poder meterme nada en el estómago en esos momentos.

—Me convencí a mí misma de que estaba enamorada de James.

—No.

Yo los había visto juntos, durante años.

—Te estás convenciendo ahora de que no lo estás.

—Acabo de darme cuenta.

—Pero si acabas de conocer al tal…

—Colton.

—Colton —repetí con desgana. Solo hace dos días que conoces a Colton. ¡Dos días!

—No te preocupes, no voy a casarme con él aquí, vestido de Elvis.

—Esto no es gracioso.

—Bueno, un poco.

—¡Brooklyn! Estás destrozando tu vida, la de James y la mía también.

Brooklyn partió la magdalena por la mitad.

—Estoy cambiando nuestras vidas.

—Y no a mejor.

Tomé el tenedor y clavé la vista en la nata montada que se derretía sobre mi gofre. El sirope de chocolate caliente bañaba el plato. De repente, me sentí cansada.

—Vámonos a casa, Brooklyn.

—Quédate —me dijo ella, mirándome de manera cariñosa.

Volví a ver la Brooklyn de siempre.

—Pon una excusa a Sophie y a Nat y quédate aquí conmigo un par de días.

—¿Quieres que me quede a ver cómo sales con Colton?

—Quiero que lo conozcas. Y que conozcas a Max —me dijo en tono repentinamente frío y calculador—. Ya conoces a Max. ¿Cómo ocurrió? ¿Cuándo?

—Cenamos juntos —le respondí—. Y me ayudó a conseguir una habitación con descuento.

Quería contarle toda la historia, pero pensé que no era el momento, que no quería que desviásemos la conversación hacia mí.

—Espera un momento. ¿Tú también conoces a Max? —le pregunté.

—Solo de pasada. Nos vimos un minuto cuando llegamos aquí.

—¿Y sabe Max lo de James?

—No lo creo. Yo he estado con Colton todo el tiempo y lo único que sabía Max era que estábamos juntos. Tengo la impresión de que ambos salen con muchas chicas.

Otra noticia inquietante. Aquel era el motivo por el que Max había estado tan tranquilo después de nuestra noche juntos. Tenía práctica. Volví a decirme que lo importante en esos momentos no era Max.

—Eso significa que Colton sabe lo de James —comenté, preguntándome cuánto debía odiar a Colton.

Antes de responder, Brooklyn esbozó una sonrisa que no me gustó nada.

—Colton lo sabe todo.

Y yo tomé una decisión: no podía odiarlo más.

Brooklyn no quería marcharse de Las Vegas y yo no iba a volver a casa sin ella.

Colton tenía la culpa de que fuese a llegar al límite de mi tarjeta de crédito. Aunque Max me hubiese invitado a cenar la noche anterior y hubiésemos cargado el desayuno a la habitación de Brooklyn, yo había decidido que no iba a derrochar más.

Brooklyn se había ido a ver a Colton y yo estaba esperando en recepción, preguntándome si iba a ser capaz de pedir que me siguiesen haciendo el descuento de Max a pesar de que ni siquiera sabía cómo se llamaba su empresa.

Me pregunté si Max y Colton trabajarían en la misma empresa. Eso explicaría que hubiesen estado juntos en el Archway y en Las Vegas. También podían estar de vacaciones los dos, pero Max me había dicho que estaba allí por trabajo, así que lo más probable era que trabajasen en lo mismo.

Pensé que era demasiado, trabajar juntos después de haber crecido juntos.

Todavía quedaban tres personas delante de mí en la fila cuando apareció Max.

—¿Cómo ha ido? —me preguntó.

—¿Sabías que Brooklyn iba a casarse con mi hermano? —repliqué yo.

—¿Cómo iba a saberlo?

—Te lo podía haber contado Colton, tu hermano.

—No. Además, nunca me dijiste el nombre de tu amiga. ¿Cómo iba a haber atado cabos?

Pensé que su respuesta tenía sentido. No estaba cien por cien convencida, pero casi.

—Me la voy a llevar —le advertí—. No puedo dejarla con Colton.

–¿No piensas que es ella la que debe tomar esa decisión? –me preguntó Max.

–No está pensando con claridad, pero acabará entrando en razón.

–Pero os vais a quedar –afirmó, no me preguntó.

–No mucho tiempo. Espero que entre en razón, con un poco de suerte, hoy mismo.

Había escrito a Sophie y a Nat y les había dicho que volviesen a Seattle sin nosotras. También le había enviado un mensaje a James contándole que Brooklyn y yo habíamos decidido que necesitábamos relajarnos un poco más antes de la boda.

Era verdad. Nos íbamos a tomar otro día de vacaciones.

Llegó mi turno y Max se acercó al mostrador conmigo.

–Puede cargar a la señorita Gillen una tarifa H –le dijo él a la recepcionista.

–Por supuesto, señor Kendrick –respondió esta, sonriendo afablemente.

–¿Conoces a todo el mundo? –le pregunté sorprendida.

–Soy un tipo simpático –me respondió él.

–No sabes cuánto te lo agradezco –le dije yo.

Y era cierto. A pesar de todo, gracias a él me estaba ahorrando una fortuna.

–No es nada.

–¿Prefiere vistas al norte o al sur? –me preguntó la chica.

—Me da igual.

—¿Están libres la treinta y cinco cero siete o la catorce? —le preguntó Max.

La mujer tecleó en el ordenador.

—La treinta y cinco cero siete.

—Entonces, tres noches.

—No voy a quedarme tanto tiempo.

—Siempre puedes cancelar.

La recepcionista me dio la llave.

—Cuéntame tu plan —me pidió Max mientras echábamos a andar hacia los ascensores.

—¿Cómo le voy a contar mi plan al enemigo?

—Yo no soy el enemigo.

—Colton es el enemigo.

—Colton es un hombre de principios.

—Pues está seduciendo a una mujer comprometida, así que a mí no me lo parece.

Llegamos a los ascensores y Max tocó el botón.

—¿Eso piensas?

Yo pensé que no tenía sentido subir a la habitación. En realidad, no tenía que hacer la maleta, de hecho, lo que necesitaba era comprar algo de ropa.

Había lavado mis braguitas en el cuarto de baño la noche anterior y las había secado con el secador, pero me vendría bien tener otras.

Gracias al hotel tenía artículos de tocador básicos, como cepillo y pasta de dientes, pero me apetecía cambiar de ropa, ya que la mía estaba en una maleta que Sophie y Nat iban a llevar de vuelta a Seattle.

Las tiendas del hotel eran carísimas, pero no quería dejar a Brooklyn sola con Colton más del tiempo estrictamente necesario. Me había prometido que respondería a mis llamadas y yo iba a llamarla con cierta frecuencia.

Entré en el ascensor y Max me siguió. Estábamos los dos solos.

—Puedo ir yo sola —le dije.

No quería imaginarme a Max en mi habitación. Pensé que, si volvíamos a quedarnos a solas, era posible que nos volviésemos a besar.

—El servicio de habitaciones puede llevarte a la habitación cualquier cosa de las tiendas —me dijo él—. Si necesitas ropa o cosméticos.

—¿Piensas que necesito maquillarme? —le pregunté.

Solía maquillarme un poco, pero mis maquillajes también se habían quedado en San Francisco con todo lo demás.

—Yo no he dicho eso.

—¿Piensas que no soy lo suficientemente guapa?

No pretendía que me hiciese un cumplido, pero me pregunté por qué estaba allí conmigo, sobre todo, cuando yo no estaba en mi mejor momento.

—Ahí tienes un espejo —me respondió.

No era precisamente el comentario que yo había esperado oír, pero me dije que me estaba bien empleado.

—¿Por qué haces esto?

—¿El qué?

—Estar conmigo, mantenerme ocupada. ¿Lo haces para que tu hermano pueda estar con Brooklyn?

—No.

—No te creo.

—Tengo la sensación de que sientes devoción por tu hermano —comentó Max.

—Siento devoción por mi hermano y por el resto de miembros de mi familia.

—Pues yo, no. Colton puede hacer lo que quiera, no me necesita.

—Claro —repliqué yo en tono escéptico.

Los amigos siempre se ayudaban y los hermanos, todavía más. Sobre todo, los hermanos gemelos. ¿Cómo no le iba a ser leal Max a su hermano gemelo?

—Eres una mujer muy escéptica, Layla Gillen.

—Supongo que quieres decir astuta.

Llegamos a la planta treinta y cinco y salimos del ascensor. Acerqué la tarjeta a la puerta y oí cómo se desbloqueaba.

—No sé por qué he venido aquí —admití.

La habitación era algo más grande que la de la noche anterior. Hacía esquina y todo eran cristaleras. Había una pequeña zona de estar que daba a otros hoteles, fuentes y a una enorme noria que había en el Strip.

No pude evitar que me encantara.

74

Me acerqué a la ventana.

–Esta habitación cuesta más, ¿verdad?

–Un poco –me respondió Max.

La puerta se cerró tras él.

–¿De cuánto estamos hablando, de ochenta dólares?

–Más o menos.

–¿Vives siempre así?

A mí me encantaba mi trabajo, enseñar y los niños, y me encantaba vivir cerca de mi familia, pero pensé que vivir en un hotel, sin tener que cocinar, lavar ni planchar tenía que ser estupendo.

–Tiene sus inconvenientes –me contestó.

–No tienes que lavar platos, te cambian las sábanas, te limpian la ducha.

–Uno podría volverse vago.

–Supongo que sí.

Noté su mano en mi hombro y suspiré. Como la noche anterior, la caricia hizo que sintiese calor. Lo deseé.

–Layla –me dijo, su voz era profunda.

Se me encogió el pecho y el abdomen.

Deseé apoyarme en él, sentir sus brazos a mi alrededor, sus labios en el cuello, sus manos… en todas partes.

Cerré los puños y recordé que tenía el teléfono en la mano.

–Tengo que llamar a Brooklyn.

Max suspiró.

–Me necesita –añadí.

–Si tú lo dices… –comentó él en tono impaciente.

–Esto no es un juego.

–Nadie ha dicho que lo fuera.

Me giré hacia él. Era un riesgo. Lo deseaba demasiado, pero quería que me comprendiera.

–No voy a hacerlo –le advertí.

–¿El qué?

–No te hagas el tonto. No voy a embrollarlo todo aún más besándote o… aún peor.

–Yo no lo consideraría peor, sino mucho mejor –me dijo sonriendo.

–Sería peor. Estoy muy enfadada con tu hermano.

La expresión de Max se tensó.

–Somos adversarios –le recordé.

–Te estás metiendo donde no te llaman –me dijo él.

Yo me eché a reír.

–Eso no es verdad. Y Colton es tu hermano, así que guarda las distancias conmigo –le pedí, dando un paso atrás.

–¿Y si no puedo?

–Haz un esfuerzo.

–Por ti, lo intentaré.

Yo puse los ojos en blanco.

–Por mí. Por supuesto. Voy a llamar a Brooklyn.

Toqué la pantalla y me llevé el aparato a la oreja.

–Cuéntame cómo va.

Iba a decirle que no tenía que darle explicaciones de nada, pero Brooklyn descolgó.

Max se despidió de mí con la mano y fue hacia la puerta.

–¿Layla? –me dijo Brooklyn–. ¿Estás ahí?

Capítulo Cinco

—Estoy aquí.

—¿Dónde es aquí?

—En mi habitación. Ahora tengo una habitación.

—Me alegro. Colton dice que puede conseguir que te hagan un buen precio.

—Ya se ha ocupado Max.

—¿Está Max contigo? —me preguntó Brooklyn intrigada.

La puerta se cerró tras de él.

—No, pero nos hemos visto en el vestíbulo.

No me gustaba contarle medias verdades a Brooklyn, era algo nuevo. En otras circunstancias le habría contado que me sentía confundida, que Max me hacía reír y me atraía, pero que tenía que luchar contra mis sentimientos por James.

—¿Sabes para qué empresa trabajan? —le pregunté.

—¿Qué? ¿Quién?

—Max y… No importa. ¿Dónde estás?

—En el coche, volviendo al hotel. Hemos ido de compras, para ti. De ropa y cosas para la piscina.

—Colton y tú me habéis comprado ropa.

—¿Qué te pasa?

Las dos utilizábamos la misma talla y nos prestábamos ropa todo el tiempo.

–Te he comprado un bikini. Nos cambiaremos e iremos a la piscina a tomar unos cócteles.

–¿Y voy a tener que hipotecarme para poder pagarlos? –le pregunté.

–Nos va a invitar Colton.

–A mí Colton no me va a sobornar.

–No te va a sobornar. Solo quiere emborracharte un poco para que estés contenta.

–No estoy contenta. No voy a estar contenta hasta que no entres en razón.

–Bien, pero, mientras tanto, vamos a tranquilizarte a base de tequila.

–De acuerdo –respondí a regañadientes.

De todos modos, no tenía nada que hacer en la habitación. Con un poco de suerte, Brooklyn bajaría a la piscina sola y, si no, me las apañaría para separarla de Colton el mayor tiempo posible.

–Te veré dentro de diez minutos en la piscina del piso veintiséis.

Colgué y fui al baño a recogerme el pelo.

Encontré una bolsa de aseo del hotel con un bote pequeño de crema solar, metí en ella la llave de la habitación, guardé mi bolso en la caja fuerte y tomé el ascensor para bajar al piso veintiséis.

Brooklyn y Colton ya estaban allí.

Colton se parecía tanto a Max que me hizo dudar, pero al sonreír supe que no se trataba de Max. Colton parecía más frío y profesional, más inaccesible, mientras que la sonrisa de Max era más cálida y abierta. Además, Colton tenía los ojos un poco más oscuros, los labios algo más gruesos y las cejas más pobladas.

Brooklyn agitó una bolsa morada.

–Te he comprado unas sandalias también.

–Gracias –le dije al acercarme.

–Hola, Layla –me saludó Colton.

Brooklyn me dio la bolsa.

–Hola, Colton –respondí, porque no quería ser amable con él, pero tampoco podía ser maleducada–. Gracias por esto.

–No hay de qué.

–Esto va a ser muy divertido, venga, animaos –nos dijo Brooklyn a los dos.

–Yo no estoy nada animada –le contesté.

–Yo puedo intentarlo –dijo Colton.

Pero tampoco parecía muy animado, su gesto era de cautela.

No me extrañó. Al fin y al cabo, yo era la hermana del prometido de Brooklyn, así que lo mínimo que esperaba de él era que se mostrase receloso conmigo… y culpable.

–Ve a ponerte el bikini –me dijo Brooklyn, mirando a su alrededor–. Vamos a instalarnos debajo de aquella sombrilla azul que está abierta.

–De acuerdo.

Parecía un buen lugar, delante de un par de palmeras, junto a una barandilla de Plexiglas.

—Iré a por las bebidas —anunció Colton—. ¿Te parece bien una margarita con lima?

—Sí —le contesté—. Cárgalo a mi habitación.

—No seas ridícula —me respondió, acercándose a Brooklyn—. ¿Margarita con lima?

—No, con mango —le dijo ella.

Colton sonrió.

Su mirada se suavizó al mirarla y yo entendí que Brooklyn pensase que estaba enamorado de ella.

Pero no estaba enamorado de ella porque casi no la conocía.

Me puse el bikini y un pareo. Me quedaba a la perfección. Brooklyn siempre había tenido muy buen gusto. Metí mi ropa en la bolsa, tomé una toalla y volví a la piscina.

Decidí que, si conseguía encontrar la manera de ignorar a Colton, al fin y al cabo podría pasar una buena tarde.

Las hamacas parecían muy cómodas, el ambiente era agradable, lo mismo que la música de fondo.

Vi a un camarero con las copas y pensé que tenían muy buena pinta.

—Estás estupenda —me dijo Brooklyn cuando me acerqué a ellos, que ya estaban instalados.

—Muchas gracias —le respondí—. Me encanta.

—Lo supe nada más verlo.

—Sí —añadió Colton.

—Brooklyn siempre ha tenido muy buen gusto para la ropa —le dije—, ya desde que éramos niñas.

Colton sonrió, como si supiese lo que yo estaba haciendo.

—Estoy enterándome de muchas cosas estupendas de Brooklyn —comentó.

—¿Vais a comportaros como dos estirados? —inquirió Brooklyn.

—Eso parece —dije yo.

Colton volvió a sonreír.

—Está enamorada de mi hermano —le advertí.

—Y yo lo respeto.

—No, no lo respetas.

—Respeto que tome sus propias decisiones.

Yo no tenía nada que decir frente a eso, no podía estar en desacuerdo, pero Brooklyn no estaba en su sano juicio, así que no contaba. Di un sorbo a mi margarita para hacer tiempo.

—¿No estás de acuerdo? —me preguntó Colton.

—Pienso que os acabáis de conocer.

—Cierto —admitió él—, pero ya sabemos que queremos intentarlo.

—¿Sea lo que sea lo que destruyáis en el intento?

—Ya me había dicho Brooklyn que eras muy combativa.

—No soy combativa.

Brooklyn se levantó las gafas de sol y me miró mientras arqueaba una ceja.

—¿Que no eres combativa?

—Bueno, sí que lo soy, pero ese no es el motivo por el que estoy reaccionando así. También soy lógica y razonable. Soy matemática, y esto es completamente ilógico.

–El amor no sigue fórmulas matemáticas.

–Obedece a leyes estadísticas y de probabilidad, como todo.

–Siempre hay excepciones –dijo Colton, tomando la mano de Brooklyn.

–Nosotros somos la excepción –le contestó Brooklyn.

Yo deseé apartarlos, pero no llegaba desde la tumbona y ponerme en pie para hacerlo me pareció ridículo e inútil.

Necesitaba un plan mejor.

Di otro sorbo al cóctel a pesar de saber que el tequila no mejoraba la capacidad de razonamiento, pero estaba delicioso y, si me relajaba, tal vez pudiese gestionar mejor el problema.

Entonces, vi aparecer a Max, vestido con un traje de baño negro y nada más. La luz era mejor allí que en su habitación la primera noche. Tenía los pectorales esculpidos, los abdominales marcados, los hombros anchos, los bíceps definidos y un tatuaje en el hombro izquierdo.

Me pregunté cómo no me había dado cuenta la noche anterior.

Nuestras miradas se cruzaron y mi estrés se disparó.

Me puse en pie de un salto.

–Vamos a nadar –le dije a Brooklyn.

–El agua está fría –me respondió ella.

–Vamos –insistí, agarrándola de la mano y poniéndola en pie–. Necesitamos un poco de ejercicio.

–Hola –nos saludó Max.

–Vamos a nadar –dije yo.

–Eso parece –comentó Colton riendo.

Dejé el pareo en la hamaca y me di cuenta de que Max me miraba con apreciación.

–¿Se puede saber qué te pasa? –me preguntó Brooklyn de camino a la piscina.

Yo me senté en el bordillo y metí los pies en el agua, que estaba fría. No obstante, me metí en la zona menos profunda, que me cubría hasta la cintura.

–Tenemos que hablar –le dije a mi amiga.

–¿Y no podemos hacerlo fuera? –me preguntó, pero se metió también.

Me di cuenta de que Max nos estaba observando, así que me hundí hasta el cuello.

–No te separas de Colton –le reproché a Brooklyn.

–Merece la pena pegarse a él –me respondió.

–Tienes que acordarte de James.

Brooklyn se puso seria.

–Lo hago.

–Tienes que pensar a largo plazo.

–Estoy pensando a largo plazo, al resto de mi vida.

–Acabas de conocer a Colton –le recordé.

–Ya te he dicho cómo me siento –argumentó ella, mirándome con decepción.

Yo me sentí culpable. No me parecían bien sus sentimientos, pero no sabía cómo hacer que cambiase de opinión.

Me acerqué a ella.

—Tengo miedo de que despiertes una mañana y te des cuenta de que todo esto ha sido solo un sueño. Esto… no es real. Estamos en Las Vegas.

—Mis sentimientos no tienen nada que ver con Las Vegas.

Yo no la creí, y mi mirada volvió a posarse en Max. Un hombre vestido de traje se detuvo a su lado a hablar con los dos hermanos.

—¿Sabes cada cuánto tiempo vienen por aquí? —le pregunté a Brooklyn—. Conocen a todo el mundo.

—Eso es porque piensan que es importante prestar atención a las personas.

—¿Por qué?

—Porque forma parte de una buena gestión.

—¿Y qué es exactamente lo que gestionan?

Brooklyn frunció el ceño, como si no entendiese bien mis preguntas.

—El hotel —me respondió.

En ese momento lo entendí.

—¿Este hotel?

—Son los dueños de este hotel. Y del Archway. Bueno, pertenecen a su familia. Estos dos y ocho más situados por todo el país.

—¿Qué?

Me sentí como una tonta.

Y pensé en James. ¿Cómo iba James a competir con todo aquello? Tenía un buen trabajo y, que yo supiera, había hecho algunas buenas inversiones. Le iba bien, pero no era multimillonario, como debía de ser Colton.

James no podía ofrecerle todo aquello a Brooklyn. Aunque mi amiga no fuese una cazafortunas, ni mucho menos…

Volví a mirar a mi alrededor.

Todo aquello era demasiado.

–No estoy interesada en el dinero de Colton –me aseguró Brooklyn.

–Le vas a romper el corazón a mi hermano –le recordé con toda sinceridad.

–No tengo elección.

–Puedes cambiar de opinión.

–No voy a cambiar de opinión.

–Inténtalo –le rogué–. Hazlo por mí, por favor. Inténtalo al menos.

–Está bien –me respondió–. Lo voy a pensar un poco más.

–Bien.

Me sentí un poco mejor.

Me desperté de manera brusca a las siete de la mañana y me senté en la cama.

La preocupación por Brooklyn me había tenido dando vueltas hasta tarde, la preocupación y el sentimiento de culpa. Porque no le había contado a Brooklyn lo que había ocurrido con Max y era la primera vez en la vida que no le contaba algo.

Además, existía la posibilidad de que Max se lo hubiese contado a Colton, y Colton, a Brooklyn. Así que decidí que tenía que averiguar qué le había contado Max a su hermano y, después, hablar con Brooklyn.

Mi teléfono sonó y yo tuve la esperanza de que se tratase de Max, pero era James.

–Hola –respondí.

–Tenéis que volver –me dijo en tono brusco–. Sé lo bien que lo pasáis juntas, pero necesito que vuelva Brooklyn, Layla.

–Vamos a volver –le respondí.

–¿Cuándo?

–Pronto, muy pronto…

–Eres una irresponsable –me reprendió.

–He conocido a un chico –le conté. Fue la primera excusa que se me ocurrió–. Y necesito algo de tiempo.

–¿Y también necesitas a Brooklyn? –inquirió–. ¿Está ahí contigo? ¿Me la puedes pasar? He llamado a su teléfono, pero se ha debido de quedar otra vez sin batería.

–No hay mucha cobertura en el hotel –mentí–. Debe de estar en el gimnasio. Quiere que le quepa el vestido de novia que es…

–¡No quiero saber nada del vestido de novia!

–Por supuesto, por supuesto. Bueno, que me parece que está en el gimnasio.

–Tienes que dejar de hacer tonterías, Layla. Tal vez seas su mejor amiga, pero va a casarse conmigo, y aquí tenemos miles de detalles que resolver.

–Lo sé. La llevaré de vuelta a casa, te lo prometo.

Él murmuró algo que debió de ser una despedida o una palabra malsonante y después colgó.

Yo suspiré aliviada.

Entonces, me acordé del problema que tenía con Max. No sabía su número de teléfono, pero sí cuál era su suite.

Así que me vestí y fui a verlo.

Ya estaba llamando a la puerta de su habitación cuando me pregunté qué estaba haciendo exactamente. Era posible que estuviese durmiendo todavía, aunque también que se hubiese levantado temprano. Tal vez estuviese en el gimnasio.

La puerta se abrió.

Y Max me miró primero con sorpresa. Después con curiosidad y con interés.

–¿Has dicho algo? –le pregunté.

–Me parece que voy a necesitar un poco de contexto –me respondió él–. ¿Sobre qué?

–Sobre nosotros.

–¿Sobre nosotros?

Yo puse los ojos en blanco.

–¿Le has contado a alguien que nos comimos el suflé de chocolate? –inquirí en tono sarcástico.

–No –me respondió él con gesto divertido–. Bueno, el camarero y el chef lo saben, y tal vez el personal de cocina también. ¿Por qué? ¿Cuentas las calorías que tomas?

–No seas idiota.

–¿Estás a dieta?

–¿Te parece que necesito ponerme a dieta?

–No. Y pienso que podemos confiar en que el personal de la cocina será capaz de guardar nuestros más oscuros secretos.

–¿Le has contado a Colton que nos hemos acostado?

–No.

Me sentí aliviada.

–Entiendo que tú tampoco se lo has contado a Brooklyn –adivinó él.

–No, todavía no, quiero decir. En realidad, no es un secreto.

–Por supuesto que no, eso es evidente, por tu forma de actuar.

–Se lo voy a contar, pero en el momento adecuado. Ayer ocurrieron demasiadas cosas.

–¿Te apetece un café?

–No, gracias –sí que me apetecía.

Max se apartó de la puerta.

–Entra a tomar un café y así unificaremos nuestras historias.

–No hay nada que unificar. No voy a mentir a Brooklyn.

Olía muy bien a café.

—¿Por qué no me dices qué quieres que cuente y qué no?

Abrió más la puerta y me di cuenta de que el pasillo no era el lugar adecuado para mantener aquella conversación.

—Está bien —le respondí, entrando en la suite—. Me tomaré un café.

—Estupendo.

Las cortinas del salón estaban abiertas, permitiendo que entrase el sol de la mañana. La mesa del comedor estaba adornada con flores y encima de ella había un juego de café de plata. También había dos sofás color crema y dos sillones de piel en un extremo.

No me había fijado en todo aquello la noche que había estado allí, pero los cuadros abstractos en tonos pastel y la enorme chimenea hacían que el lugar fuese mucho más acogedor que una habitación de hotel. Además, parecía haber un segundo dormitorio y otro baño al final de un pequeño pasillo.

—¿Te alojas mucho aquí?

—Cuando estoy en Las Vegas —me respondió—. Normalmente, un par de días al mes.

Max me sirvió el café.

—Es un lugar agradable —comenté, fijándome en el bonito jardín exterior.

—¿Azúcar o leche? —me preguntó.

—Los dos, por favor.

—Dulce y suave —comentó.

Yo lo miré con el ceño fruncido.

Él me sonrió de oreja a oreja.

—Brooklyn me ha dicho que este lugar es vuestro.

Dejó de sonreír.

—Mi familia tiene varios hoteles. No es una cadena, sino hoteles independientes.

—Y tú me lo has ocultado deliberadamente.

—Sí —admitió, ofreciéndome el café.

—¿Por qué?

—Seguro que te lo imaginas. No se lo cuento a nadie de entrada para no influir en la opinión que la gente se hace sobre mí.

Yo me acerqué más y tomé la taza.

—¿Piensas que si creyese que eras archimillonario me gustarías menos?

—No soy archimillonario.

Yo miré a mi alrededor.

—De acuerdo, lo siento.

—Este es el motivo por el que no digo nada.

—No sé si sabes que, con algunas mujeres, no vas a tener más suerte por ser rico.

—Yo no pretendía tener suerte contigo.

—Pero la tuviste —le contesté sin sentir ninguna vergüenza.

Hacer el amor con Max había sido algo natural y maravilloso. No me arrepentía en absoluto. Lo echaba de menos.

Él separó una silla para que me sentase. La misma en la que me había sentado a comer el suflé.

Tomé asiento.

–¿Quieres un *muffin*? –me preguntó, señalando una cesta.

Tenían un aspecto delicioso, salpicados de arándanos. También había una bandeja con distintas mermeladas, queso y mantequilla.

¿Por qué iba a resistirme?

Me serví un *muffin* y lo corté por la mitad con la intención de untarlo de queso crema.

–Me gustaste –me dijo Max–. Y pensé que quería conocerte mejor.

–Y lo hiciste.

–No quiero que te sientas mal al respecto.

–No me siento mal. Además, me invitaste a cenar y después a un suflé de chocolate estupendo. Y ahora, a este delicioso desayuno.

–¿Estás obsesionada con la comida?

–En circunstancias normales, no, pero tengo que meterme en un vestido de dama de honor dentro de menos de dos semanas… Bueno, no es seguro.

Dejé el *muffin* sin tocar y me pregunté si estaba comiendo demasiado a causa del estrés.

–Cómetelo –me dijo Max–. Necesitas energía.

–No estoy gastando nada –le respondí.

Él tomó un *muffin* y le puso mermelada de naranja, lo que habría sido mi segunda opción.

–Pruébalo –me dijo, y mordió el suyo.

Le hice caso.

El *muffin* estaba delicioso. Y el café, también.

–¿Cuándo se lo vas a contar? –me preguntó Max.

–Hoy. Te avisaré cuando puedas hablar con Colton.

Él se encogió de hombros.

–¿Por qué se lo iba a contar a Colton?

–Es tu hermano, ¿no? Pensé que os contabais ese tipo de cosas.

–Lo hacíamos en la adolescencia –admitió Max sonriendo–. ¿Quieres que se lo cuente a Colton?

–No, sobre todo, porque Brooklyn llegaría a la conclusión de que me gustas y pensaría que existe la posibilidad de que también me caiga bien Colton. Y Colton no me va a caer bien nunca porque eso sería traicionar a mi hermano.

–Entonces, ¿te gusto?

–No me habría acostado contigo si no me gustases.

–Eso es un sí.

Yo lo miré fijamente a los ojos.

–Es un sí, Max. Me gustas.

Cubrió mi mano con la suya y me la acarició.

–Layla –susurró.

–No… –balbucí yo–. No podemos.

–No le haríamos daño a nadie.

–Es complicado –le dije, inclinándome sin querer hacia él.

–Ojalá pudiese interpretar eso como un sí –me dijo.

–Ojalá pudiese decirte que sí –le respondí yo con toda sinceridad.

Max apartó la mano y yo me arrepentí de haberlo rechazado. Se puso en pie y dejó la taza de café encima de la mesa. Era evidente que me tenía que marchar de allí.

—Gracias —le dije.

No supe si se las daba por el café, por no haberle contado a nadie lo ocurrido o por aceptar mi negativa tan bien. Supuse que por todo un poco.

—De nada —me dijo él en tono tenso.

Lo había decepcionado o disgustado, tal vez ambas cosas. Fui hacia la puerta para no ponerlo todavía peor.

Capítulo Seis

Un rato después convencí a Brooklyn de salir a dar un paseo conmigo por el Strip. Necesitaba sacarla un rato del hotel.

—Vamos a sudar —me dijo nada más salir al sol.

—Mira —le dije, señalando un puesto de sombreros rosas con las palabras *Las Vegas* escritas con purpurina roja.

Nos compramos un sombrero cada una.

—¿Y un refresco? —me sugirió Brooklyn al pasar por otro puesto.

—Por supuesto —le dije yo.

—¿Con o sin tequila?

—Son las once de la mañana.

—Entonces, con vodka —me dijo Brooklyn riendo.

Había grandes depósitos que giraban con los refrescos de colores dentro y uno podía servirse lo que quisiese.

—Voy a ponerme piña —decidió Brooklyn—. O cola. Me vendría bien un poco de cafeína.

—¿No has dormido esta noche? —le pregunté, y me arrepentí al instante.

—No hemos dejado de hablar —me respondió, y yo le agradecí la discreción.

Nos servimos los refrescos y yo me sentí como en los viejos tiempos.

Llevábamos un buen rato paseando cuando por fin tuve el valor de hablar.

—Me he acostado con Max.

Brooklyn se quedó inmóvil y me miró con ceño fruncido.

—¿En serio? —me preguntó.

—Sigue andando —le dije yo.

—¿Cuándo? ¿Por qué? ¿Cómo?

Yo la agarré del brazo para que continuase andando.

—De la manera habitual.

—Ja, ja, muy graciosa. ¿Cuándo ha ocurrido?

—La noche que llegué aquí no te encontré. Te busqué por todas partes y me pasé horas en el vestíbulo del hotel. No respondías al teléfono ni a mis mensajes.

—¿Y la solución fue acostarte con Max?

—No habría estado con Max si te hubiese encontrado.

—Entonces, estás diciendo que es culpa mía.

—Sí. No. No es culpa tuya, pero contribuiste a que ocurriera.

—Te has acostado con Max —repitió ella, maravillada.

—No te hagas falsas ideas —le advertí.

–¿Te gusta Max?

–Sí, me gusta –admití, porque no tenía sentido negarlo–. Es muy atractivo.

–Colton también.

Colton era muy guapo, sí. Al fin y al cabo, era igual que Max. Aunque también eran diferentes. No me imaginaba a Max con una mujer prometida. No sabía por qué.

–No lo entiendo –le dije–. Erais muy felices. Ambos estabais ilusionados con la idea de casaros.

–No hay un único motivo –admitió Brooklyn–. A mí me hacía ilusión casarme y convertirme en un miembro oficial de vuestra familia, pero, entonces, empezamos a hablar de tener hijos.

–Estoy segura de que James accederá a esperar –le dije.

–No es solo por los hijos –me dijo ella–. Estaba viviendo una fantasía.

–Pero eso no es malo. Es bueno. ¿Qué mujer no querría vivir la fantasía de casarse con un hombre tan estupendo?

–No tengo nada en contra de James.

–Son los nervios de la boda –le dije.

–Ya tenía dudas antes de conocer a Colton –admitió Brooklyn.

–Pero no ibas a cancelar la boda.

–Me daba pánico.

–Eran solo nervios. Muchas novias se sienten así –le aseguré.

Brooklyn suspiró pesadamente, como si mi actitud la frustrase.

–Me has prometido que no ibas a precipitarte –le recordé.

Era evidente que, si Brooklyn tomaba la decisión en ese momento, no iba a beneficiar a James.

–No hagas nada de lo que después puedas arrepentirte –casi le rogué.

–Lo sé.

–Tal vez deberías hablar con James de todo esto.

Ella me miró con sorpresa.

–¿Estás de broma?

–Si tanto miedo tienes a hablar con él, tal vez sea una señal de que no estás preparada para dejarlo.

Brooklyn se quedó en silencio.

Intenté no pensar que Brooklyn prefería pasar tiempo con Colton a estar conmigo. Nunca me había sentido así con James.

Como no quería gastar más dinero, decidí ir a una de las piscinas del hotel, me instalé en una tumbona debajo de una palmera, me puse crema solar y acepté un vaso de agua con hielo de un amable camarero.

Hacía calor y estaba cómoda. Incluso había encontrado en mi teléfono una novela romántica a medio leer. Justo lo que necesitaba en esos momentos.

–¿Disfrutando del sol?

La voz de Max me sobresaltó.

Levanté la vista y volví a maravillarme con su aspecto. Llevaba una camisa blanca remangada y unos pantalones grises de sport. No parecía que estuviese trabajando, ni que se estuviese divirtiendo tampoco.

–¿Qué haces exactamente aquí? –le pregunté.

–¿Qué quieres decir?

–¿Cuál es tu trabajo y el de…?

–Colton, se llama Colton.

–Lo sé, pero no quiero decir su nombre. ¿A qué os dedicáis en concreto?

–Hacemos muchas cosas –me respondió.

–¿Pasas revista a las tropas?

–Y a los equipos, y a los edificios. Leemos los informes financieros, las opiniones de los clientes, solucionamos problemas.

–¿Qué clase de problemas encontráis?

–Estar en lo más alto es siempre una lucha. Los gustos de los clientes van cambiando, hay que cambiar las cartas de los restaurantes y la decoración. También hay averías, problemas de recursos humanos, de contabilidad…

–Interesante. A mí se me dan bien los números.

–¿Significa eso que podrías ayudar a descubrir fraudes o a cometerlos?

–Depende de las circunstancias. ¿Quieres cometer algún fraude?

–En estos momentos, no. Eso sería robar mi propio dinero, pero te avisaré si se me ocurre algo.

–Siempre he querido estar pluriempleada.

Max se echó a reír.

En ese momento sonó mi teléfono. Era James otra vez.

—¿Estás con Brooklyn? —me preguntó sin más.

Yo dudé un instante.

—Sí, está aquí.

Estaba en alguna parte, en el hotel o cerca.

—Pásamela, por favor.

—¿Por qué? ¿Ocurre algo? ¿Puedo ayudarte yo? —le pregunté.

—No pasa nada. Quiero hablar con mi prometida.

—¿Has llamado a su teléfono?

—Por supuesto. Pregúntale si lo tiene apagado.

—No puedo, es que... está en la piscina. ¡Brooklyn! —llamé en voz alta.

Max me lanzó una mirada suspicaz.

—Es James al teléfono —dije en voz alta—. ¿Te importa si te llama ella dentro de unos minutos?

—Dile que salga de la piscina.

—Está jugando al voleibol, casi ha terminado el partido y no quiere fallar a su equipo.

—Os estáis pasando.

—Tú también has tenido una despedida de soltero.

—Mi despedida de soltero duró seis horas.

—Es que nosotras somos menos eficientes. Le diré que te devuelva la llamada.

—No te molestes.

Se me hizo un nudo en el estómago.

—¿Por qué no?

–Porque voy a ir en el siguiente avión.

–No, no hagas eso –le respondí demasiado deprisa.

–¿Por qué no?

Yo evité mirar a Max.

–Porque he conocido a alguien.

–Ya me lo has dicho esta mañana.

–Lo sé. Y tengo la sensación de que podría ser importante. Brooklyn me está ayudando, ya sabes lo mucho que le preocupa que me sienta sola cuando vosotros os caséis.

James guardó silencio unos instantes.

–Eso es cierto.

Su respuesta me fastidió. ¿De verdad le preocupaba a Brooklyn que yo me quedase sola?

Max me estaba mirando fijamente.

James estaba en silencio.

–Bueno, gracias. Solo tardaremos un poco más.

–Daos prisa.

–Sí.

Mi hermano colgó el teléfono y yo suspiré.

–Interesante –comentó Max.

–Podrías haberme dejado algo de intimidad.

–Sí –admitió él–. Supongo que yo soy la persona a la que has conocido… que podría ser importante.

–No, no eres tú ni es nadie. Es solo una historia.

–Entonces, es una mentira –me corrigió Max.

Yo lo fulminé con la mirada. Casi no me conocía y me estaba juzgando.

—¿Por qué no sales conmigo? Así no estarás mintiendo a tu hermano y te sentirás mejor.

—No me siento mal.

—Pues tendrías que verte la cara.

—Estoy bien.

—Mientes fatal. Sin duda alguna, te contrataría para mi departamento de contabilidad.

—Ya tengo trabajo –le dije.

—Vamos.

—¿A dónde?

—A nuestra cita. Verás como después te sientes mejor.

—No tienes ni idea de lo que me haría sentir mejor.

—Yo diría que una botella de vino –me respondió, tendiéndome la mano.

Yo deseé tomarla y beberme el vino con él.

—Esta tarde hay un paseo en globo al Gran Cañón. Será estupendo.

Dudé. ¿Ir en globo al Gran Cañón o quedarme allí esperando a Broolyn?

Brooklyn, a la que yo le daba pena porque iba a quedarme sola, sin ella.

Pensé que no me sentiría sola si me iba a dar un paseo en globo con Max.

—Venga, Layla. ¿Qué tienes que perder?

Yo me puse en pie y pensé que Brooklyn no tenía que compadecerse de mí. Podía cuidarme sola.

De hecho, tal vez debiese quitarle algo de presión. La novedad de Colton no tardaría en pasar, pero necesitaban estar solos, sin distracciones. Y así Brooklyn se olvidaría de él.

Me dije que correr una aventura con Max podía ser la mejor manera de ayudar a James. No me estaba engañando a mí misma. Merecía la pena intentarlo.

—No puedo estar fuera demasiado tiempo —le advertí.

—Te traeré de vuelta a la hora de la cena.

Flotar al borde del Gran Cañón resultó ser increíble: las enormes rocas rojizas, el cielo azul, los cactus verdes.

Pero también sentí miedo. No por la altura, sino porque me estaba divirtiendo mucho con Max en aquella cita tan cara y especial, en la que había incluso champán en copas de cristal.

—Háblame de tu hermano —me pidió Max.

Eso hizo que me pusiese en guardia.

—¿Por qué?

—Porque he pensado mucho en él desde que os oí hablando por teléfono. Y tal vez quiera ayudarte.

—¿Ayudarme, a qué?

—Pienso que tienes cierta razón.

Yo no era desconfiada por naturaleza, pero aquello me extrañó.

—¿Con respecto a qué?

El globo dio una sacudida y yo caí sobre Max, que me abrazó con fuerza.

No quería que me gustase tanto la sensación, pero no me moví, por fin tenía una excusa para volver a estar entre sus brazos.

–Colton y Brooklyn se acaban de conocer –me respondió él–. Es posible que lo suyo no dure.

–¡Exacto! –espeté yo.

El globo volvió a sacudirse y Max miró a Rick, el piloto al que me había presentado nada más llegar.

–Un cambio de viento –dijo este–. Estoy intentando descender.

Iba a preguntarle si nos íbamos a caer cuando sentí que el suelo dejaba de moverse.

–Qué emocionante –comenté.

–Por decirlo de algún modo –me respondió él.

Estábamos descendiendo deprisa y Rick estaba utilizando los dos quemadores. Me quedé hipnotizada, mirando la tierra. Íbamos demasiado deprisa.

–¿Y tú, tienes miedo? –le pregunté al piloto, que parecía muy tranquilo.

–Enseguida disminuirá la velocidad –me respondió–. Aunque es posible que el aterrizaje sea un poco brusco.

–No tengas miedo –me dijo Max.

–No tengo miedo –mentí.

Una racha de viento nos sacudió.

–¡Agarraos! –nos gritó Rick.

La cesta golpeó un primer árbol, pero el globo siguió moviéndose. Chocamos con otro árbol y nos quedamos enganchados en él. El aire nos empujó y la cesta se volcó.

Max me sujetó con fuerza con una mano mientras con la otra se agarraba a la cesta.

–No te muevas, te tengo –me dijo.

El piloto estaba colgando de la cesta, intentando apoyar los pies en alguna rama. Por fin lo consiguió y suspiró aliviado.

–¿Estás bien? –le preguntó Max.

–Sí –respondió Rick–. ¿Y vosotros?

Yo estuve a punto de echarme a reír, di por hecho que hablaba en broma.

–Nos hemos chocado –le dije.

–Pero si podemos bajar de aquí, estaremos bien –comentó Rick.

–Esto va a ser interesante –comentó Max.

–¿Interesante? –repetí yo con incredulidad.

Estábamos atrapados en un árbol, a más de tres metros del suelo.

–Podemos hacerlo –me aseguró Max.

Yo quería ser valiente. Deseé con todas mis fuerzas poder ser valiente delante de Max, pero tampoco quería romperme las piernas.

La cesta cedió bajo nosotros y a mí me dio un vuelco el corazón.

–¿Puedes bajar a tu novia? –le preguntó Rick a Max.

Yo estuve a punto de corregirlo, pero me contuve. Dadas las circunstancias, era una tontería.

Max se tumbó y me hizo un gesto.

–Dame las manos.

Yo miré hacia el final de la cesta.

–¿Qué vas a hacer?

–Si te sujeto desde el borde, tus pies casi tocarán el suelo.

–¿Casi?

El viento volvió a soplar y estuvo a punto de hinchar el globo.

–Daos prisa –nos advirtió Rick.

–Dame las manos –repitió Max.

Yo no lo dudé más.

Max me agarró por las muñecas.

–Deslízate hacia atrás –me dijo–. Y no mires hacia abajo.

Yo decidí que era un buen consejo. Lo miré a los ojos.

Me sonrió.

–Va a ser muy fácil –me aseguró.

–No te creo –le dije mientras salía de la cesta.

–Bien –me dijo él sin apartar los ojos de los míos mientras yo me quedaba colgando.

–Te queda menos de un metro hasta el suelo –me dijo–. Será como saltar de una silla. Dobla las rodillas al caer.

Yo asentí, estaba preparada.

Y me soltó.

Capítulo Siete

Conseguimos llegar al suelo con solo unos rasguños y Rick se dirigió a lo alto de una colina con la radio portátil para intentar encontrar una señal. Mientras tanto, Max intentó bajar la cesta del árbol y yo me quedé con él.

–¿Es eso un coyote? –le pregunté, con la mirada clavada en el horizonte.

Max miró también.

–Sí.

–¿Es peligroso?

–Solo si eres un conejo. No nos molestará.

–¿Estás seguro?

El animal nos estaba mirando y parecía hambriento, había poco que comer en el desierto.

–¿A qué se dedica tu hermano? –me preguntó Max.

–Es economista –le respondí.

El coyote pegó el hocico al suelo y se dirigió hacia donde estábamos nosotros.

–¿Nos subimos al árbol? –le sugerí a Max.

–¿Trabaja para el gobierno, para la cámara de comercio, para una multinacional?

–Para una consultora.

Max parecía muy tranquilo y yo decidí que nuestras vidas no debían de correr peligro.

–Supongo que es un hombre guapo.

Yo aparté la mirada del coyote para clavarla en Max, cuyo comentario me había resultado un poco extraño.

–Es tu hermano –añadió él.

El cumplido me sorprendió.

De repente, Max se puso en pie y gritó, y el coyote se alejó un poco.

Max empezó a hacer aspavientos.

–¡Márchate!

Yo tenía miedo.

El coyote salió corriendo mientras miraba hacia atrás.

–Has dicho que no era peligroso –le recordé.

–Y no lo es. Solo he querido que viera que éramos más grandes que él –me explicó Max, volviendo a sentarse a mi lado y agarrándome la mano–. Relájate. Estás a salvo.

Yo miré hacia la colina por la que había subido el piloto.

–¿Y Rick?

–Rick no tardará en volver.

–Espero que esté bien.

–¿Cómo se llama la empresa de tu hermano?

–O'Neil Nybecker.

–Es una empresa seria.

—Mi hermano es una persona seria –le dije–. El número uno de su promoción en la Universidad de Wisconsin.

—Impresionante.

—Su equipo de remo ganó la medalla de plata en los campeonatos nacionales.

—Colton ganó un premio en campo a través –me respondió él.

—¿Qué es esto? ¿Un concurso?

—Está empezando a parecerlo.

—Has sido tú el que me ha preguntado por él.

—Es cierto.

—¿Y tú? –le pregunté por curiosidad–. ¿También corrías?

—Yo jugaba al béisbol.

—Yo soy entrenadora de *softball*.

—Qué bien.

—Todos contribuimos en las actividades extraescolares.

—¿Y tú juegas?

—Sí. En la liga de recreo. ¿Y tú?

—Lo mismo.

—Eres bueno, ¿verdad?

—Hay muchos mejores que yo.

—No, seguro que no.

Él sonrió, pero no respondió.

—Lo sabía.

—¿Cuánto tiempo llevan juntos Brooklyn y James?

–Desde el instituto. En realidad, desde antes. Brooklyn ha sido siempre mi mejor amiga.

–¿Y tienen mucho en común?

Yo lo pensé antes de responder.

–No todo. Se complementan bien. James es serio y tranquilo. Brooklyn es más impulsiva, llena de energía y divertida. Hacen buena pareja.

–¿Discuten?

–Casi nunca.

–¿Y eso te resulta extraño?

–Me parece estupendo. Llevan juntos toda la vida y siempre se han llevado bien.

–¿Y no piensas que ese podría ser el problema?

Yo no estaba dispuesta a admitir que hubiese un problema. Aunque era evidente que lo había.

Brooklyn estaba en Las Vegas con Colton en vez de estar en Seattle ultimando los preparativos.

–No hay ningún problema.

–Tal vez sean más hermanos que amantes.

–No son hermanos. Llevan años saliendo juntos y saben muy bien cuál es la diferencia, créeme.

Mientras hablaba recordé que Brooklyn me había dicho que amaba a James, pero que no estaba enamorada de él.

–De acuerdo. Vamos a hacerlo a tu manera.

–¿El qué?

–Vamos a intentar separarlos. Yo te ayudaré.

–Sí, por supuesto.

–De verdad. Pienso que podrías tener razón, que

cuando sus hormonas se calmen, se darán cuenta de que no hay nada entre ellos.

—Y Brooklyn habrá cometido el error de su vida —añadí, atreviéndome a considerar que Max podía estar hablando en serio y que estaba de mi parte.

Si era así, la ventaja era que conocía bien a Colton.

—¿Y por qué querrías ayudarme?

—Porque me gustas.

Así dicho parecía muy sencillo, pero poco probable.

—No traicionarías a tu hermano por una extraña.

—No te considero una extraña.

—He aparecido en tu vida de casualidad hace dos días.

—Tres, y yo pienso que ha sido más bien el destino que la casualidad.

—En cualquier caso, solo son tres días —argumenté—. Y Colton es tu hermano gemelo.

—Entonces, ¿quieres mi ayuda o no?

—Sí.

Vimos que volvía Rick. El sol se estaba poniendo a sus espaldas. Llevábamos mucho tiempo fuera del hotel, Brooklyn debía de estar preguntándose dónde me había metido.

—¿Le has dicho alguien que nos íbamos en globo? —le pregunté a Max.

—No —me respondió él.

—En ese caso, no saben dónde estamos.

–Se lo contaremos cuando volvamos. Será una buena historia.

–Me has salvado la vida.

–La vida, no, tal vez un tobillo.

–Gracias.

–¡Ya vienen a buscarnos! –exclamó Rick.

Un helicóptero nos sacó del desierto y nos llevó de vuelta al hotel.

Era la primera vez que aterrizaba en el tejado de un edificio y me pareció muy cómodo.

Llamé por teléfono a Brooklyn desde el ascensor.

Tardó varios tonos en descolgar y, cuando lo hizo, me pareció que le faltaba el aliento.

–¡Layla!

Yo no quise imaginar qué habría interrumpido.

–Hola.

–¿Qué hora es?

–Poco más de las seis.

–Iba a llamarte antes –me dijo, hablando muy deprisa–, pero me distraje.

–Ha llamado James –le informé.

–¿Y qué quería?

La pregunta me pareció ridícula.

–A ti. Quería saber por qué tardabas tanto en volver. Y quería venir aquí a verte.

–No puede hacer eso –me respondió ella, presa del pánico.

–Claro que puede.

–Necesito más tiempo para pensar. Si lo veo, me voy a confundir todavía más.

Me dio pena.

–No va a venir. Le he quitado la idea de la cabeza.

–Bien –me respondió Brooklyn–. Eres la mejor.

–No, no lo soy.

Me sentía como una traidora.

–¿Dónde estás ahora mismo? –me preguntó.

–En el hotel.

–¿Tienes plan para esta noche?

–Estoy libre.

–Yo voy a ir con Colton a una fiesta de los años veinte. He encontrado un vestido de flecos precioso.

Tapé el micrófono y le dije a Max:

–Tu hermano tiene que parar.

–¿Parar el qué?

–Parar de comprar los afectos de Brooklyn –le dije mientras Brooklyn me hablaba de los complementos.

–¿Con qué?

–Con un vestido.

–¿Un vestido? Pensé que serían diamantes o un coche.

Yo le di un empujón con el hombro, pero no se inmutó.

–Tenemos que hablar, Brooklyn.

–El vestido está en mi habitación –me dijo ella–. ¿Quieres verlo?

—No, no quiero ver el vestido.

—Yo también tengo entradas para la fiesta –me comentó Max–. Podemos ir con ellos.

Volví a tapar el micrófono.

—¿Ese es tu plan para conseguir que rompan? ¿Una cita doble?

—¿Tú quieres un vestido?

—No –le dije, sintiéndome insultada–. A mí no me compra nadie.

—Es una fiesta estupenda.

—No he venido para ir de fiesta.

—Pues parece que Brooklyn sí. Y no podemos hacer que rompan si no estamos con ellos.

Abrí la boca y la volví a cerrar porque la idea tenía sentido.

—Está bien –le dije a Max.

—Entonces, ¿quieres un vestido?

—No, quiero decir que iré al baile.

—¿Layla? –preguntó Brooklyn, sorprendida por mi silencio.

—Sigo aquí. He decidido que voy a ir a ver tu vestido.

—La suite de Max está al lado de la mía.

Aquello me hizo pensar que había hecho el amor con él al lado de donde había estado Brooklyn.

Las puertas del ascensor se abrieron y llegamos al vestíbulo.

—Estaré allí en tres minutos –le aseguré a Brooklyn.

—Buenas tardes, señor Kendrick —lo saludó un hombre al pasar.

—Buenas tardes, Brian —respondió Max.

Yo me di cuenta de que tanto Brian como otros trabajadores del hotel me miraban con curiosidad.

—Otra conquista más —murmuré.

—¿Qué has dicho?

—Todo el mundo me está mirando.

—No te miran a ti, sino a mí. Se preguntan cuándo voy a subirles el suelo. Entonces, ¿cómo lo hacemos? ¿Les decimos sin más que vamos a ir al baile nosotros también? O quieres llegar tú primero, después aparezco yo, y les contamos lo de la excursión en globo.

—El accidente, querrás decir.

—Así dicho, podrían preocuparse.

—Iré yo primero a la habitación —decidí—. Después te presentas tú y dices que, casualmente, tienes una entrada de sobra para el baile.

—¿Y la aventura del globo?

—Sobre la marcha —le dije.

No era un secreto, pero si Brooklyn se enteraba de que Max y yo habíamos pasado el día juntos, empezaría a imaginarse cosas.

—Si no te compro yo un vestido, lo hará Colton —me advirtió Max cuando salimos de la suite de Colton, que era idéntica a la de él.

115

A Brooklyn le había encantado la idea de que fuésemos todos a la fiesta.

—Además, es mejor que lo elijas tú —insistió Max.

Yo sabía que no quería deberle nada a Colton, y que Brooklyn aparecería con un vestido si no me lo compraba yo.

Así que decidí aceptar el ofrecimiento de Max. Me dije que, al fin y al cabo, era culpa de Colton y de Max que yo estuviese en aquella situación, y no podía gastar más dinero de mi cuenta.

—Está bien —accedí—. Cómprame un estúpido vestido.

—Te lo has pensado mucho.

—Es que no me gusta la idea de que un extraño me compre un vestido, pero…

—Pero ¿qué?

—Pues que tengo que pagar la hipoteca —le respondí con toda sinceridad.

Cuando quise darme cuenta estábamos subiéndonos a un todoterreno delante del hotel y Max le había dicho al conductor que nos llevase a Crystal's.

Le mandé un mensaje a Brooklyn para avisarla de que me iba de compras y unos minutos después se detenía el coche y un hombre vestido de traje le abría la puerta a Max.

—Señor Kendrick —dijo—. Soy Dalton Leonard, subdirector de Crystal Shops.

—Hola, Danton.

Max salió del coche y se giró a tenderme la mano.

–Vamos a asistir a la fiesta de los años veinte –le dijo Max al hombre.

Dalton me miró a mí.

–Será un placer serle de ayuda, señora. Le sugiero que vaya a Andante's, en la segunda planta. Tiene una selección maravillosa de vestidos de época y también conjuntos modernos con un guiño al pasado.

El centro comercial era muy opulento y se me aceleró el pulso nada más entrar.

–Tú lo has querido –me susurró Max mientras andábamos.

Entonces me di cuenta de que seguíamos de la mano.

–¿Me estás poniendo a prueba? –le pregunté.

–Tal vez. Si quieres cambiar de opinión, hay una tienda de ropa de segunda mano en el Strip.

–¿Sí? –pregunté, deteniéndome.

Deseé haberlo sabido antes. Podía comprarme yo el vestido en una tienda de segunda mano. Era una solución perfecta.

–Ni lo pienses. Vamos.

–También era una prueba, ¿verdad? No hay ninguna tienda de segunda mano.

–No. Vamos, se nos está escapando Dalton.

–Déjalo marchar.

–Eso sería de mala educación.

–No necesito un vestido nuevo –le dije a Max–. Preferiría uno de segunda mano, de verdad.

–Eso sería un lío. Y esto es mucho más divertido.

Yo no supe si iba a ser capaz de divertirme, dadas las circunstancias.

—Espera un momento. Si ya tenías las entradas para la fiesta, ¿a quién ibas a llevar contigo?

—A nadie.

—Me estás mintiendo.

—No. Es una fiesta benéfica y siempre compro entradas, aunque no esté en la ciudad. No tenía pensado ir.

Yo me sentí culpable.

—Siento obligarte a ir.

—Me he ofrecido yo. Ya estamos.

Dalton se había detenido delante de la puerta de una boutique.

Supe por la gruesa moqueta, el deslumbrante mobiliario y el tamaño del local que los precios iban a ser muy altos.

—Si no encuentra nada aquí, prueben en Silver's —nos recomendó Dalton.

—Gracias, Dalton —le respondió Max.

—Nancy Roth es la encargada de Andante's y estará encantada de ayudarlos, o llámeme a mí si tiene alguna duda —le dijo Dalton a Max, dándole una tarjeta de visita antes de marcharnos.

—Vives en un mundo extraño —le dije a Max.

—Es el mismo que el tuyo.

—No realmente.

Me puso una mano en la espalda y me hizo entrar. El gesto debía haberme molestado, pero me gustó. La mujer fuerte, independiente y moderna que había en mí se había quedado atrás. Y la princesa que había en mí se iba a comprar un vestido para el baile.

Unos minutos después estaba en el probador con seis vestidos y al final me decidí por uno blanco y sencillo, con tirantes finos cubiertos de pedrería y flecos de arriba abajo que me sentaba como un guante. Además, tenía una diadema blanca a juego que resaltaba en mi pelo cobrizo.

Abrí la cortina y salí del probador.

–¿Te gusta? –le pregunté a Max.

–Sí. Tienes buen gusto.

La vendedora apareció en ese momento.

–Oh, le queda precioso. Y tengo los zapatos perfectos.

–¿Zapatos?

–Vas a necesitar unos zapatos –me dijo Max.

Y yo supe que tenía razón, pero no quería que Max me comprase unos zapatos también.

–Ni se te ocurra protestar –me advirtió–. Tienes que llevar todos los accesorios. ¡Búsquenos un bolso!

Me probé las sandalias y acepté el bolso.

–Yo creo que ya estamos –dispuso Max–. Salvo que necesites pendientes.

–No necesito pendientes –le aseguré yo enseguida.

Incluso una princesa de cuento de hadas tenía que saber dónde estaba el límite.

Capítulo Ocho

—Llevas un vestido precioso —me dijo Brooklyn al verme llegar.

Ella también estaba impresionante con un vestido azul oscuro con flecos, unos llamativos pendientes y un collar a juego.

—Dime que no son de verdad —le dije.

Ella se tocó los pendientes.

—No lo he preguntado. No quería saberlo.

—Brooklyn —le dije, sorprendida por su actitud—. ¿Cómo puedes aceptar… eso de otro hombre?

—Colton no es otro hombre —me respondió en tono decidido—. Tengo que hablar con James.

—No puedes hacerlo. No puedes estar completamente segura.

—Lo estoy —me aseguró.

Yo sentí pánico.

Colton apareció y lo fulminé con la mirada.

—¿Bailas? —le preguntó a Brooklyn.

—Tengo que ir al baño —respondió ella, alejándose.

—Le da pavor hacerte daño —me dijo Colton.

–Hemos sido amigas toda la vida –le respondí yo.

–Me lo ha contado. Te quiere mucho.

–¿Por qué estás haciendo esto? –le pregunté.

–Me he ofrecido a retroceder –me respondió Colton.

–Tal vez deberías insistir –intervino Max.

–Lo haría si pensase que es lo mejor para ella –argumentó Colton.

–Lo es –le aseguré yo.

–¿Te vas a casar con ella? –le preguntó Max.

–Si nos hemos conocido hace cuatro días –replicó Colton en tono incrédulo.

–A eso me refiero, que vas a hacer que rompa una relación de toda la vida por una aventura.

–Brooklyn no es una aventura.

–Entonces, ¿qué es? –insistió Max.

–Nos estamos conociendo y nos estamos dando cuenta de que, tal vez, no seamos capaces de vivir el uno sin el otro.

–Eso es ridículo –sentencié yo.

–No estás siendo justo con Brooklyn –añadió Max.

Esta apareció justo en el momento en el que Max decía aquellas palabras.

–Tú a mí no me conoces –le dijo. Y luego miró a Colton–. ¿Podemos bailar?

–Podemos –le dijo él, tomándola del brazo.

–No llames a James –le pedí yo a Brooklyn cuando pasó por mi lado.

–Voy a bailar –me dijo.

–¿Qué voy a hacer? –pregunté yo, tanto a mí misma como a Max.

–Vamos a bailar nosotros también –me respondió él.

No me apetecía bailar, pero tampoco podía hacer nada más.

–Estás preciosa –me dijo Max.

Y yo me sentí preciosa por cómo me miraba.

Estaba en una fiesta estupenda, con un vestido muy divertido y con un hombre muy guapo. Y en esos momentos no había nada que pudiese hacer para ayudar ni a James ni a Brooklyn.

–Tú también estás muy bien –le respondí.

A Max pareció agradarle el cumplido, a pesar de que ya debía de saber que era el hombre más guapo del local.

–Vamos a bailar –decidí.

–Vamos.

Estaba sonando una canción lenta y dejé que Max me tomase entre sus brazos. Estaba cansada.

Mi mundo se redujo a él, al calor de su piel, al movimiento de su cuerpo y a los latidos de su corazón.

Bailaba mejor de lo que me había imaginado. Era alto y fuerte, pero se movía con facilidad.

–Se te da muy bien bailar –le dije–. Seguro que has estado practicando o que has ido a clase antes.

–Tienes razón –admitió él–. Mis padres insistieron.

–¿Por qué? –le pregunté por curiosidad.

–Porque mis abuelos pensaban que era importante socializar para el negocio. Aunque de adolescentes todas las chicas me sacaban una cabeza.

–¿Diste tarde el estirón?

–Sí. Y estaba muy delgado –añadió riendo–. ¿Y tú?

–Yo también era muy delgada, llevaba aparato en los dientes, y además era pelirroja y con pecas.

Él pasó la mano por mi pelo.

–Pues a mí me gusta este color.

–A mí ahora también, pero en el instituto, no.

–Y también me gustan tus pecas, son sutiles, pero interesantes… muy bonitas.

–Se han decolorado bastante.

–Bueno, el caso es que ahora eres perfecta.

Dejé escapar una carcajada al oír aquello.

–Tú sí que eres perfecto. Seguro que has tenido muchas novias.

–No voy a hablarte de mis novias.

–Venga.

–Entonces, tú tendrás que hablarme de tus novios.

–Todos tenían algún defecto fatal –comenté en tono de broma–. Soy muy exigente.

–¿Sí? ¿Y cómo he podido llegar yo tan lejos?

–Tú no eres mi novio.

–Todavía.

Yo supe que estaba de broma.

–Me voy a marchar mañana, o pasado como muy tarde –le recordé.

Lo que me hizo pensar en Brooklyn y eso me entristeció y me preocupó.

Max se dio cuenta y me apretó contra su pecho.

—Vas a tener que darle más margen —me aconsejó.

No tenía elección. Brooklyn estaba enfadada conmigo y todo lo que le dijese solo pondría las cosas peor.

Intenté sacarla de mi mente y disfrutar de estar entre los brazos de Max. Cerré los ojos y aspiré su olor. Recordé cómo habíamos hecho el amor y sentí calor entre los muslos.

Él me besó de manera tierna en el cuello y tuve que hacer un esfuerzo para no gemir en voz alta.

Quería que me besase.

—Bésame —susurré.

—Sí, señora —me respondió.

Y me besó, primero con suavidad, y después fue profundizando el beso.

Lo abracé por el cuello y me dejé llevar. Sabía cómo íbamos a terminar, y lo estaba deseando. Max era un amante fantástico y quería estar con él, pero algo me dijo que tuviese cuidado, que allí ocurría algo, que me falta información.

La música se detuvo y yo recordé que estábamos en una fiesta, en público, rodeados de gente.

Abrí los ojos y di un grito ahogado.

—¿Qué? —me preguntó él.

Yo miré a nuestro alrededor y me di cuenta de

que Max me había ido llevando a un rincón, no había nadie cerca, no tenía de qué preocuparme.

Perdí el miedo, pero seguí deseándolo cada vez con más fuerza.

—¿Podemos marcharnos? —le pregunté.

—¿Al hotel?

—Sí. A tu habitación. Ahora.

—Sí —me respondió ya de camino a la puerta.

La limusina tenía una pantalla que nos separaba del conductor, afortunadamente, porque Max me sentó en su regazo nada más entrar.

Metí las manos por debajo de su chaqueta y le acaricié los pectorales, sentí los fuertes latidos de su corazón. Yo también tenía el pulso desbocado, estaba muy excitada.

Tomé la mano de Max y la apoyé en mi muslo, él la subió, apartó la ropa interior y me acarició íntimamente mientras me besaba.

Yo me dije que tenía que parar, que no estábamos en la intimidad de una habitación, pero la sensación era tan maravillosa que quise esperar un minuto más y cuando me di cuenta había llegado al clímax.

Me mordí el labio para no gritar, pero gemí y enterré el rostro en la curva de su cuello.

—Yo… —balbucí.

—No te sientas mal —me dijo Max en un susurro—. Ni te sientas avergonzada. Eres increíble.

La limusina disminuyó la velocidad.

Max sacó la mano de entre mis piernas y me alisó el vestido.

–¿Qué aspecto tengo? –le pregunté.

–Estás perfecta –me respondió con una sonrisa.

–Ya sabes lo que quiero decir.

–Estás un poco sonrojada, todavía más bella de lo habitual.

Me gustó el cumplido, aunque la respuesta no habría podido ser otra en una situación así.

El conductor abrió la puerta y Max salió primero y me tendió la mano.

Yo estaba empezando a acostumbrarme a ir de su mano. En el fondo sabía que era un sentimiento peligroso, pero esa noche no quería ser demasiado racional. Esa noche iba a dejarme llevar por las emociones. Ya analizaría y me preocuparía al día siguiente.

Llegamos a la habitación de Max y nos volvimos a besar con más ansiedad que en el coche.

Max se quitó la chaqueta y la camisa, después me quitó a mí el vestido y la ropa interior.

Yo lo ayudé con los pantalones. Él se puso rápidamente un preservativo y me apoyó contra la pared mientras me besaba y entraba en mí.

La tensión fue escalando en mi interior y tuve que recordarme que no podía dejar de respirar.

–Layla –gimió Max.

Y entonces llegamos al orgasmo juntos. El mundo se detuvo a nuestro alrededor mientras los dos gritábamos de placer, con nuestros pechos pegados, e intentamos recuperar la respiración.

Pensé que con Max el sexo era diferente.

–Tengo hambre –comentó él–. Voy a pedir algo mientras nos duchamos. ¿Qué te apetece?

–Alguna extravagancia –le respondí yo.

–Entendido. ¿Te duchas conmigo?

Me desperté en la cama de Max, entre sus brazos.

Me sentí tan bien que me preocupé.

Miré el reloj que había en la mesita de noche y vi que eran casi las nueve, y pensé que tenía que volver con Brooklyn.

Aparté las sábanas y moví las piernas.

–No te vayas –me pidió Max.

–Necesito ir a buscar a Brooklyn.

Él suspiró de manera exagerada.

–La historia de tu vida. Está bien, ya me levanto.

–Tú no te tienes que levantar.

–He prometido ayudarte.

Fui al baño, me lavé la cara y me peiné. Después me puse un albornoz y salí al comedor.

Max estaba sirviendo café.

–Con leche y azúcar, ¿verdad?

–Cada vez lo haces mejor –le dije, aceptando la taza.

–Hay algo más.

–¿Un *bagel* con mermelada de arándanos?

—Eso también –me dijo, señalando una bolsa que había en el sofá.

En ella había unos pantalones de yoga, una camiseta amplia y unas sandalias planas.

—He pensado que no querrías salir de aquí con el vestido de anoche.

—Qué detalle.

Me llevé el café y la ropa nueva al dormitorio.

Max me siguió, se apoyó en el marco de la puerta y observó cómo me cambiaba.

—¿Qué planes tienes?

—Voy a pasar por mi habitación y, después, a buscar a Brooklyn.

—¿Qué quieres que haga yo?

—Con que mantengas entretenido a Colton, será suficiente. No puedo pedirte más.

—En cualquier caso, quiero ayudarte.

—Muchas gracias.

Al ir a salir de la habitación Max me tomó entre sus brazos y me dio un tierno beso. Ambos sonreímos y yo supe que tenía que salir de allí cuanto antes.

Pensé que Max era un tipo agradable, estupendo.

—¿Layla?

Me quedé inmóvil al oír la voz de James.

—Te he buscado en tu habitación –continuó diciendo a mis espaldas–, pero no hay nadie.

Yo me giré hacia él, no tenía elección. Estaba en Las Vegas.

—¿Dónde estabas? –me preguntó.

—Desayunando —le respondí.

—¿Y no respondes al teléfono? —inquirió, visiblemente molesto.

—¿Qué haces aquí? Te dije que nos esperases en casa.

—Ya he esperado suficiente. Sé que no quieres que Brooklyn se case conmigo.

—¿Qué?

—Sé que estás celosa.

—Eso no es cierto.

—Pensé que cuando nos casásemos nos dejarías algo más de espacio, pero esto ya no es normal.

Yo miré a mi hermano en silencio.

—Se va a casar conmigo —espetó, furioso—. No contigo.

—James, yo nunca he querido interponerme entre Brooklyn y tú —le dije, sorprendida.

No había imaginado que mi hermano pudiese sentirse así con respecto a la amistad que me unía a Brooklyn.

Entonces, vi a Brooklyn con Colton, agarrados del brazo, riendo, como una pareja de enamorados.

Supuse que mi expresión me había delatado, porque James siguió mi mirada. Brooklyn lo vio y se quedó inmóvil.

—¿Quién es ese? —preguntó James.

Yo me quedé en blanco solo un instante.

—Es Max —le respondí, acercándome a Brooklyn y a Colton.

–Max –dije–. Estoy aquí. ¿Recuerdas que te hablé de mi hermano? James, ya te conté que había conocido a alguien aquí. Este es Max Kendrick.

Agarré a Colton del brazo y lo separé de Brooklyn.

–¿Vienes del gimnasio? –le pregunté a esta.

–Hola, soy Max Kendrick –dijo Colton, ofreciéndole la mano a mi hermano.

Y aquella fue la primera vez que me gustó Colton.

Brooklyn por fin pudo hablar.

–No te esperaba aquí –balbució.

–Me he cansado de esperar. Y, sinceramente, estoy harto de vosotras dos.

Brooklyn palideció.

–James piensa que quiero monopolizarte –le expliqué yo.

–Ya os habéis divertido suficiente –dijo él–. Esta semana tenemos mucho que hacer para la boda.

Brooklyn me miró. Yo no supe qué decir.

–¿Y tu anillo? –le preguntó James, mirando sus manos.

–Yo… me lo he quitado para ir a la piscina. Me queda un poco grande y…

–¿Podemos sentarnos en algún sitio los dos solos? –le preguntó James a Brooklyn.

Y yo supe que aquella iba a ser la única oportunidad que tuviese mi hermano de recuperarla.

–Por supuesto –estaba diciendo yo cuando vi aparecer a Max, que venía sonriente hacia nosotros.

Pero me vio del brazo de Colton, frunció el ceño y cambió de rumbo.

—¿Vamos a la piscina? —le pregunté yo a Colton.

—Cómo no, ven, que te voy a comprar un bañador nuevo —me respondió, dirigiéndose hacia la tienda en la que se había metido Max.

Yo odié dejar a Brooklyn sola, pero tenía que llevarme a Colton de allí y cambiarlo por Max antes de que las cosas se pusiesen peor.

—¿Qué ha ocurrido? —nos preguntó Max nada más vernos.

—Que ha venido James —le expliqué yo.

—¿Qué vas a hacer? —le preguntó Max a su hermano.

—Es Brooklyn la que tiene que tomar una decisión —respondió este.

—Por supuesto que sí —le dije yo.

—Layla, yo solo quiero lo que sea mejor para Brooklyn —me aseguró Colton.

—No, soy yo la que quiere lo que es mejor para Brooklyn —repliqué.

—La diferencia es que yo quiero que Brooklyn sea feliz, y tú quieres que James sea feliz.

—Eso no es justo —le dije.

—Yo la amo —continuó Colton.

—Si casi no la conoces —protesté.

—Esto no nos va a llevar a ninguna parte —intervino Max.

Y tenía razón.

—Estoy dispuesto a dar un paso atrás hasta que ella tenga las cosas claras con James —se ofreció Colton—. Vamos a buscar su anillo, que está en la caja fuerte de mi habitación.

—¿De verdad? —le pregunté yo con incredulidad.

No quería que Colton me cayese bien, pero tenía que admitir que aquello era muy honrado por su parte.

—Sí —me aseguró.

No obstante, pensé que no era el hombre adecuado para Brooklyn. Que le deseaba lo mejor, pero lejos de mí y de mi familia.

Capítulo Nueve

Pasaron varias horas antes de que pudiese hablar con Brooklyn a solas, con la puesta de sol, en el Triple Palm Café.

–¿Cómo te sientes? –le pregunté, mientras James iba a reservar una mesa para cenar.

–Más confundida que nunca –admitió ella–. James es… James. Dulce y paciente, sé lo que quiere y cuál es nuestro futuro juntos.

Yo asentí.

–Pero Colton…

–¿Es la novedad? –le sugerí yo.

–Es divertido, emocionante…

–Y tiene mucho dinero –añadí.

–Ya sabes que no es eso –me dijo ella.

–Pero, ¿sabes qué siente Colton por ti? No es oro todo lo que reluce…

–Yo no busco nada en concreto en Colton.

–Pero, de no ser por él, ¿dejarías a James?

Brooklyn se quedó pensativa.

–Tal vez, no lo sé. Tal vez no.

–Entonces, tú estás haciendo todo esto por Colton.

–Es posible. Yo… solo quiero estar con él. De verdad, quiero estar con él.

–Y yo lo que no quiero es que cometas un terrible error. Y esta noche vas a compartir habitación con James. No puedes pasar de acostarte con uno a acostarte con otro.

–No me estoy acostando con Colton –me dijo ella.

–¿Qué?

–¿Pensabas que me estaba acostando con él?

–Lo siento, yo…

No supe cómo expresarlo. En cualquier caso, mi opinión de Colton mejoró un poco más.

Entonces, volvió James, con la mirada clavada en Brooklyn, como si yo no estuviera.

–Estos precios son un escándalo.

–Hemos tenido la suerte de que nos hicieran un descuento –comenté yo.

–Pues para esta noche no tenían ofertas –dijo él en tono molesto–. Volveremos a casa mañana, tenemos que concretar el menú. Les he dicho que queríamos langosta y solomillo, pero quiero que lo decidas tú.

–¿Y tienen tarta de coco? –le preguntó Brooklyn.

–Seguro que sí, si es lo que tú quieres. También tengo que confirmar los centros de las mesas de violetas.

–Son mis flores favoritas –dijo Brooklyn sonriendo.

James le dio un beso en la mano.

–Lo sé. He escogido todo lo que más te gusta, pero tienes que volver a casa.

James me miró a mí.

–Layla puede quedarse aquí un par de días más si quiere.

–No ha sido culpa de Layla –me defendió Brooklyn.

–No tengo ningún motivo para quedarme –añadí yo.

–Está bien –dijo Brooklyn en un hilo de voz–. Volveremos todos mañanas.

James sacó el teléfono para reservar inmediatamente los billetes.

Yo me sentí aliviada, pero, entonces, pensé en Max y sentí decepción.

Mi aventura con Max había sido estupenda, pero siempre había sido algo temporal. Él cambiaría de hotel y de mujer. Y mi autocompasión no iba a cambiar nada.

–Enhorabuena por tu éxito –me dijo Max en tono nada sincero.

–No voy a disculparme por haber tenido razón –le respondí.

Había dejado a James y a Brooklyn en su habitación y había ido directa a la de Max, donde también había encontrado a Colton.

Yo no había querido decir nada acerca de la decisión de Brooklyn, pero, al parecer, mi expresión me había delatado.

–No tienes razón –me contestó Colton–. Ni Brooklyn tampoco.

–Dijiste que era ella quien debía tomar la decisión –le recordó.

–¿Al menos va a hablar conmigo? –me preguntó.

–No lo sé.

No pude evitar que me diese pena verlo tan decepcionado, yendo de un lado a otro de la habitación.

Entonces fue hacia la puerta y, dando un portazo, se marchó.

Max y yo nos miramos.

–¿Y tú? –me preguntó.

No entendí la pregunta.

Él se acercó y me tomó las manos con cuidado, me miró con dulzura.

–¿Y nosotros?

–No me puedo quedar –le respondí.

–¿No piensas que tenemos algo? –continuó.

Por supuesto que lo pensaba. Nunca me había sentido así. Max era divertido, inteligente y cariñoso. Y el sexo con él era increíble.

–Sí –respondí–. Ha sido un fin de semana maravilloso. Sinceramente, la mejor aventura de mi vida.

Él me miró fijamente.

–Pero no ha sido real –añadí.

–¿Estás segura?

Estaba segura. Tenía que estar segura. No tenía elección.

—Debería marcharme —le dije.

—¿Cuánto tiempo tenemos antes de que te marches? —me preguntó.

—¿Qué quieres, que nos metamos corriendo en la cama?

Eso pareció molestarlo.

—Iba a proponerte un suflé de chocolate —me dijo él—. No sé por qué eres tan escéptica.

—Entonces, ¿no quieres acostarte conmigo?

—Siempre querré acostarme contigo, pero si este va a ser nuestro último recuerdo, prefiero recordarte comiendo suflé de chocolate. No te marches.

—Max.

—Te lo digo en serio. No te tienes que marchar.

—No me digas eso.

—Dame un motivo por el que no podamos intentarlo —me pidió.

—Tengo una boda dentro de once días. Brooklyn me necesita, James también. Mi familia cuenta conmigo.

—No estamos hablando de la boda, yo te estoy hablando de después…

—No. Tú vas de hotel en hotel y yo tengo que dar clase. Brooklyn forma parte permanente de mi vida, y Colton, de la tuya.

—Podemos buscar una solución.

—No…

–Bueno, si no lo sientes así.

–No lo siento así –mentí. Por supuesto que lo sentía.

–Entonces, tampoco nos vamos a comer ese suflé, ¿verdad?

Yo negué con la cabeza.

–Adiós, Max.

–Si eso es lo que quieres.

Dio un paso atrás y apretó los labios.

Yo quise decirle que era un hombre increíble, que había una parte temeraria en mí que no quería dejarlo marchar, pero tenía que volver a Seattle con Brooklyn.

Y cuanto antes me alejase de Max, mejor.

Nat estaba a mi lado frente a la pared cubierta de espejos de la tienda de vestidos de novias. Era nuestra última prueba el vestido de dama de honor antes de la boda y yo me sentía atrevida y me probé unas sandalias de tacón muy alto adornadas con pedrería.

Para el baile las cambiaría por unas bailarinas azules, a juego con el vestido.

–Estás estupenda –le dije a Nat.

Era la verdad. Nat era tan guapa como cualquiera de las demás, pero no se daba cuenta.

–Y tú, muy alta –me respondió sonriendo.

Y a mí me alegró verla animada. Lo había pasado

muy mal desde que Henry la había dejado. Siempre era duro que te dejasen.

Ese no había sido mi caso con Max. Yo había tomado la decisión. Por eso tenía que dejar de pensar en él, sobre todo, en un momento en el que tenía tantas otras cosas en las que pensar.

Sophie apareció detrás de nosotras y se miró al espejo.

—Se van a quedar de piedra cuando nos vean.

—La protagonista es Brooklyn —le dije yo, mirando hacia el probador en el que mi mejor amiga había entrado para probarse el vestido de novia.

Había estado contenta desde que habíamos vuelto de Las Vegas, tal vez demasiado. No obstante, durante los últimos días no habíamos pasado mucho tiempo juntas. James la había acaparado casi todo el tiempo y había continuado mostrándose distante conmigo.

Yo había estado pensando en todo lo que me había dicho y tenía que admitir que era cierto que pasaba mucho tiempo con Brooklyn.

La cortina de su probador se abrió y todas nos giramos a mirarla.

El corpiño era de encaje blanco con escote en pico y manga corta, y se ceñía a su delgada cintura. La falda tenía volumen y estaba cubierta por una capa de encaje hecha a mano.

Brooklyn llevaba el pelo recogido y llevaba un collar y unos pendientes de zafiros blancos.

—Estás preciosa —comentó Sophie, apartándose—. Ven aquí, a nuestro lado.

Nat y yo nos movimos también.

La costurera se acercó a realizar los últimos retoques y yo pensé que me gustaría que Max me viese con aquel vestido.

—¿Lo echas de menos? —me preguntó Brooklyn, mirándome a los ojos a través del espejo.

—¿A quién?

—A Max.

—No —respondí, sorprendida por la pregunta.

—Mentirosa.

Yo me encogí de hombros.

—Es como echar de menos un batido de chocolate después de habérselo bebido. Estaba bueno, pero no iba a durar eternamente —le expliqué.

Brooklyn asintió y su mirada se tornó nostálgica.

—¿Y tú, echas de menos a Colton? —le pregunté.

Ella tardó unos segundos en responder.

—Tomé la decisión de dejarlo atrás.

—Lo mismo que yo con Max.

—Tenías razón. Colton era solo una fantasía. Me puse nerviosa, pero sé que esto es lo correcto, que casarme con James es lo correcto.

—Me alegro.

Brooklyn entrelazó su brazo con el mío.

—No obstante, tú puedes echar de menos a Max. Sobre todo, a media noche, cuando pienses en cómo te hacía gemir.

–No… –balbucí.

–Gracias, Layla. Gracias por evitar que cometiese un enorme error.

Sentí que se me llenaban los ojos de lágrimas.

–De nada. Ya sabes que siempre puedes contar conmigo.

–Lo sé.

Capítulo Diez

La música de órgano y el olor a rosas inundaba la iglesia. La limusina en la que habíamos llegado esperaba a los novios para llevarlos a Briarfield Park a hacerse las fotografías de después de la ceremonia.

–Parece que ya están preparados –anunció Patrick, el padre de Brooklyn.

Nat, que iba la primera, se colocó junto a la puerta para salir cuando empezase a sonar *A Thousand Years*, la canción que había elegido Brooklyn y que a mí me parecía perfecta. Todo iba a ser perfecto, la música, las flores y los votos.

Entonces, noté que Brooklyn me agarraba con fuerza del brazo y me giré hacia ella para ver qué le pasaba.

Tenía los ojos muy abiertos, las mejillas sonrojadas.

–Layla –susurró–. No puedo hacerlo.

A mí se me aceleró el corazón.

En ese momento llegó Patrick.

–Vamos. Estás preciosa, Brooklyn –le dijo, agarrándola del codo.

Ella me miró a mí como pidiéndome ayuda, pero yo no supe qué hacer ni qué decir.

La canción empezó a sonar y Nat y Sophie se colocaron delante de la puerta.

—¿Brooklyn? —pregunté yo.

Aquello era real. Era para siempre. Y por mucho que yo desease que se casase con James, no podía ignorar aquella extraña expresión de su rostro.

Se abrió una puerta a nuestra espalda y entró un golpe de aire caliente.

El corazón se me detuvo al ver aparecer a Max, pero, entonces, me di cuenta de que no era Max, sino Colton. Estaba en la puerta de la iglesia, vestido con vaqueros y una camisa azul, despeinado y con el rostro mojado por el sudor.

Vio a Brooklyn y se quedó inmóvil.

Ella se quedó inmóvil también, volvió a agarrarme todavía con más fuerza del brazo.

Patrick miró a Colton con el ceño fruncido.

—Disculpe, pero hay una ceremonia que está a punto de empezar.

Colton se acercó a nosotros.

—Brooklyn, ¿podemos hablar?

—No, no, no, no —dije yo.

—¿Qué está pasando aquí? —preguntó Patrick.

—No puedes hacer esto —le advertí a Colton.

Pero al ver a Max se me detuvo el corazón. Solté el brazo de Brooklyn y pensé que era un sueño hecho realidad.

–No he podido impedirlo –me dijo él–. En realidad, no he querido impedirlo.

–Este es Colton –le dijo Brooklyn a su padre, sorprendentemente tranquila de repente, mirando a Colton como si no existiese nada más en el mundo.

Era evidente que no quería casarse con James y, si bien aquello era un desastre, que se casase con James lo sería todavía más.

Colton era su alma gemela, era evidente.

–No podemos hacer nada –me dijo Max, tomando mi mano–. Ni lo intentes.

Entonces, apareció James en la puerta.

–¿Qué ocurre? –preguntó, y vio a Colton–. ¿Qué está haciendo él aquí?

–¿Tú lo conoces? –le preguntó Patrick.

–Es Max, el…

Pero Max estaba a mi lado, miró a Colton y a Max.

–¿Se puede saber quiénes sois? –inquirió.

–Tenemos que hablar –le dijo Brooklyn.

Yo me agarré con fuerza a la mano de Max, incapaz de creer que aquello estuviese ocurriendo y sin saber qué hacer para ayudar.

Mis padres aparecieron también, junto a la madre de Brooklyn.

–Brooklyn, será mejor que me des una explicación –le dijo James.

–Brooklyn, ven conmigo, por favor –le pidió Colton.

Ella no respondió. Estaba pálida, como si se fuese a desmayar.

Yo le solté de la mano a Max, aparté a Colton de un codazo y agarré de las manos a Brooklyn.

—Mírame —le dije—. Vamos fuera un momento, necesitas respirar.

Ella me miró y sonrió.

—Te quiero, Layla —me respondió.

—Y yo a ti.

—Eres mi mejor amiga y siempre lo serás.

—Y tú la mía.

Después miró a James.

—Lo siento mucho, James. Todo esto es culpa mía —le dijo, y después miró a su padre—. Papá, quiero que sepas que no quería que esto fuese así. Perdóname, por favor, pero tengo que marcharme…

Se giró hacia Colton, que la agarró por la cintura y la sacó de la iglesia, hacia un coche que esperaba.

—Ven con nosotros —me susurró Max al oído.

Yo no pude ni procesar sus palabras, solo podía mirar a James, que se había quedado completamente pálido.

A sus espaldas, la expresión de mis padres era de confusión.

Yo quise explicarles que Brooklyn no había engañado a James.

—Vamos —insistió Max.

—No puedo dejarlos aquí —le contesté—. Son mis padres y mi hermano.

–Pero tú no puedes hacer nada.

–No puedo marcharme –insistí–. Vete tú.

–Layla.

–¡Vete!

Él retrocedió y empezó a alejarse de mí.

Se me rompió el corazón, pero Max ya había desaparecido bajo la cegadora luz del sol.

–Sé cómo se siente James –me dijo Nat.

Estábamos en el porche trasero de casa de mis padres, era sábado, casi un mes después de la debacle de la boda, y mis padres habían decidido hacer una barbacoa para intentar animar a James.

–Yo también –le respondí.

Estaba triste, desanimada. Echaba de menos a Max y Brooklyn se había marchado a vivir una vida exótica y emocionante, así que yo no sabía como reiniciar mi vida allí, en Seattle.

Tal vez todo iría mejor en septiembre, cuando empezasen las clases.

–A ti no te han dejado nunca –me recriminó Nat.

Y era cierto.

–Me dolió mucho lo de Henry, y eso que ni siquiera estábamos comprometidos, pero pensaba que podía ser el hombre de mi vida. A James lo han dejado en el altar y estaba locamente enamorado de Brooklyn. No puede haber nada peor.

Tal vez no hubiese nada peor. Y mi hermano seguía pensando que yo tenía la culpa de todo, a pesar de que había hecho todo lo posible para evitar aquello. Había intentado darle una explicación, pero no me quería escuchar.

Entonces, sonó mi teléfono, acababa de entrar un mensaje.

–Es Brooklyn –comenté sorprendida, dado que no había tenido noticias suyas desde que se había marchado.

–¿Y qué cuenta? –me preguntó Nat.

El mensaje me sorprendió todavía más.

–Quiere que vaya a San Francisco. Va a casarse con Colton.

La voz de James me sobresaltó.

–Tiene que ser una broma.

Nat y yo nos giramos y vimos a James entrando en el porche.

–¿Así? ¿Tan pronto?

–La verdad es que es demasiado pronto –admitió Nat.

–Yo salí con ella ocho años. Ocho años. Y estuvimos prometidos más de uno. ¿Y ahora toma esa decisión tan de repente? ¿Cómo es posible?

–No voy a ir –les dije yo.

–Por supuesto que vas a ir –me replicó mi hermano–. Es tu mejor amiga.

Aquello era cierto, Brooklyn había sido mi mejor amiga desde los seis años y, además, si iba vería a Max, y quería ver a Max.

Brooklyn me recogió en el aeropuerto de San Francisco y nada más vernos nos abrazamos con toda naturalidad. Brooklyn parecía feliz.

De camino al hotel, me contó que iba a trabajar para las boutiques de los hoteles de Colton y me preguntó por James.

–Estuve a punto de dejar escapar a Colton –me dijo muy seria–. Menos mal que no fue así.

A mí se me encogió el estómago. Yo había dejado escapar a Max aquel día, pero eso era algo en lo que no prefería no pensar. Cuando lo pensaba, solo veía su gesto de decepción, de decepción y de enfado al alejarse de mí.

Capítulo Once

Los padres de Colton, David y Susan Kendrick, eran educados y amables. Colton se mostró cordial conmigo y los padres de Brooklyn parecían tensos.

La ceremonia íntima iba a celebrarse en casa de los Kendrick, en lo más alto del hotel Archway.

Aquella boda no tenía nada que ver con la que habíamos estado planeando durante casi un año.

Brooklyn llevaba un vestido de color marfil con escote en V y corpiño de encaje que le llegaba a mitad de la pantorrilla y estaba muy guapa, pero no llamaba demasiado la atención.

Yo me había puesto un vestido palabra de honor de satén verde, con la espalda escotada, y me había hecho un semirrecogido, mientras que mi amiga se había dejado el pelo suelto.

Era evidente que iba yo más llamativa que la novia, pero a nadie pareció importarle.

Cuando llegó Max, vestido con un traje negro, elegante y guapo, me quedé sin respiración. Iba acompañado de una mujer, una rubia muy guapa, vestida con un vestido de cóctel color burdeos.

–Max, Ellen –dijo Susan–. Llegáis justo a tiempo. Venid a saludar a la mejor amiga de Brooklyn, Layla.

Al parecer, Susan conocía a Ellen, parecía conocerla bastante bien.

El reverendo llamó nuestra atención y todos nos colocamos en nuestros sitios. Yo me dije que, independientemente de Max, iba a sentirme bien por Brooklyn. Se lo merecía.

Brooklyn y Colton intercambiaron los votos y yo me centré en sus palabras y las maravillosas vistas de la suite.

Como si Max no estuviese allí.

Pero estaba, e iba acompañado. Yo lo había rechazado varias semanas atrás y él se había marchado sin más.

Cuando Colton besó a la novia yo me sentía furiosa, con él y conmigo. Lo miré, me estaba mirando, y deseé correr a sus brazos, meterme en su cama y pegarme a su cuerpo desnudo.

Sentí calor y oí aplausos.

Brooklyn ya estaba casada.

—Enhorabuena. Te quiero —le dije a Brooklyn, dándole un abrazo.

—Gracias —me respondió ella—. Me alegro mucho de que hayas venido.

—Yo también.

***

Mientras el fotógrafo inmortalizaba a Brooklyn y a Colton, yo me fui al baño, que era elegante y bonito, como todo lo demás.

Al salir, vi una puerta que llevaba a una terraza con forma de media luna. El sol ya se había puesto y el puerto estaba iluminado.

Era una vista preciosa, serena, y yo intenté impregnarme de su calma, pero no pude, me sentía frustrada y decepcionada.

Oí pasos a mis espaldas. Pasos de hombre.

Era Max.

—No lo hagas todavía más difícil –le pedí cuando se detuvo a mi lado.

—¿Más difícil? –me preguntó él.

—No tenemos por qué hablar ni por qué interactuar.

—¿Y si yo quiero interactuar?

Se me escapó una risa ahogada.

—¿Para qué? No soy más que una aventura que se ha visto obligada a acudir a la boda de tu hermano.

—Nadie te ha obligado a venir.

—Eso es verdad, he venido por Brooklyn.

—Layla.

—Márchate.

—Mírame.

—No.

Él se giró para intentar ponerse delante de mí.

—¿Por qué estás así? –me preguntó.

—¿Qué quieres? –inquirí yo.

—Lo que he querido siempre.

—¿Sexo?

—No, no quiero sexo. ¿Por qué dices eso? Bueno, quiero sexo, por supuesto, pero también quiero más. Aquel día, en la iglesia, te pedí que vinieras conmigo.

—Pero veo que enseguida la encontraste a ella.

—¿A ella? ¿A quién?

—A Ellen —le dije yo.

—¿A Ellen? Pero si es mi prima.

Yo me quedé inmóvil, sentí vergüenza.

—Pensé que era tu novia —admití en un hilo de voz.

—No tengo novia. Estuve contigo en Las Vegas y, cuando te marchaste, fui a por ti.

Yo negué no con la cabeza. Aquello no era exactamente lo que había ocurrido.

—Colton fue a por Brooklyn y tú estabas con él.

Max me agarró la mano y yo no tuve fuerzas para zafarme.

—Colton fue a por Brooklyn, sí, pero yo también fui a buscarte a ti y me rechazaste.

—Yo…

—Me dijiste que me marchara.

—Pero no para siempre —balbucí—. No podía dejar a mi familia en esos momentos.

Me di cuenta de que en ese instante sí podía dejar a mi familia. Porque estaba enamorada de Max.

—Te amo —le dije.

—No tanto como yo a ti —me respondió.

—Eso no puedes saberlo —repliqué con el corazón acelerado.

—Me da igual —me contestó, acercándose más.

Me besó y sentí que estallaba por dentro de la felicidad.

—Aquí estáis —dijo Brooklyn a nuestras espaldas—. Deja de estropearle el maquillaje a Layla y venid a haceros las fotografías.

Max sonrió.

—No parece sorprendida —comenté yo.

—Sabe lo que siento por ti, lleva un mes aquí —me dijo él.

—Menuda mejor amiga eres —le recriminé a Brooklyn.

—No quería intervenir —me respondió ella sonriendo—. Tenías que darte cuenta tú sola.

Entonces, me di cuenta de que era más inteligente que yo, que sí había intentado hacerla cambiar de opinión.

—Nos haremos las fotografías, cenaremos con mi familia y después iremos a tomar el postre, suflé de chocolate, a mi habitación —me dijo Max.

Siempre había imaginado que me casaría con un vestido blanco y largo, con cola y con un velo que me tapase el pelo, con un ramo de flores silvestres en la mano y en St Fidelis, la iglesia a la que acudía mi familia y en la que cabríamos todos.

Jamás había imaginado que me casaría en Las Vegas, solo con Brooklyn a mi lado, pero lo cierto era que lo único que me importaba era que estuviese Max.

Sabía que mi familia se iba a disgustar, pero no podía hacer aquello sin disgustarla. No podía casarme en Seattle con el hermano de Colton.

Ya era casi septiembre y tanto Max como yo teníamos claro nuestro futuro. Yo no iba a volver a dar clases, pero no podía dar la noticia en casa sin antes casarme con Max.

Así que allí estábamos. Después llamaría a mis padres para darles la buena noticia. Porque para mí era una buena noticia. No podía ser más feliz.

Llevaba un vestido blanco sencillo, con escote redondo y tirantes anchos, el ramo de flores silvestres, eso sí, y unos zapatos de tacón muy algo.

Miré hacia el final del pasillo, esperando ver a Max y a sus padres, y para mi sorpresa, vi a Nat y a Sophie.

—No me puedo creer que estéis aquí –les dije.

—Y yo no me puedo creer que no nos lo hayas contado –me respondió Sophie.

Entonces, vi llegar a James. Y a mis padres.

—¿Qué haces aquí?

—Me ha llamado Brooklyn.

Mis padres me abrazaron.

—No fue culpa tuya –me susurró mi madre al oído.

–Todos nos alegramos mucho por ti –dijo mi hermano–. Siento todo lo que te dije.

–Y yo siento haberte hecho sentir así –le respondí.

–No pasa nada, estoy bien. Voy a estar bien.

–Hoy es tu día, cariño –intervino mi madre–. No te preocupes por nada más.

En ese instante aparecieron Max y Colton, que se quedaron de piedra al ver allí a toda mi familia.

–¿No se lo habías advertido? –le pregunté a Brooklyn.

–No quería preocuparlos –me respondió ella.

Mi padre se acercó a ellos y le dio la mano a Max.

–Soy Al Gillen. Tengo entendido que vas a casarte con mi hija.

–Sí, señor.

–Tengo que admitir que no esperaba esto –comentó mi padre, mirando a su alrededor.

–¿De una boda? –preguntó Max.

–No esperaba que una boda en Las Vegas pudiese ser tan agradable –le explicó mi padre.

Max me miró confundido.

–Brooklyn ha llamado a todo el mundo –le dije yo.

–Venga, que va a empezar –anunció Brooklyn.

Una vez con Max a mi lado, este me dijo:

–Me alegro de que tu familia esté aquí.

–Yo también –admití.

–Te quieren –añadió–. Como yo.

–Es un buen comienzo –comenté.

Brooklyn y Colton formarían parte de nuestras vidas, lo mismo que nuestras familias.

Con el tiempo, James se recuperaría también.

–Familia y amigos –empezó a decir el reverendo–. Estamos aquí reunidos para celebrar un día muy feliz.

Max puso un brazo alrededor de mi cintura y me acercó a su cuerpo.

Yo apoyé la cabeza en su hombro y supe que estaba haciendo lo correcto. Íbamos a ser felices siempre.

Bianca™

**Él la había seducido por venganza...
ahora se la llevaría al desierto para
proteger a su heredero**

LA VENGANZA
DEL JEQUE

Tara Pammi

Buscando venganza tras el rechazo de su familia, el jeque guerrero Adir sedujo una noche a la inocente prometida de su hermanastro. Pero, cuando volvió a buscarla cuatro meses después, descubrió que su ilícito encuentro había dado como resultado un embarazo.

Aislados en el desierto, el anhelo de estar juntos los consumía, pero el hijo de Adir debía ser legítimo y, por lo tanto, reclamaría a Amira como su esposa aunque ella tuviese dudas.

Acepte 2 de nuestras mejores novelas de amor GRATIS

¡Y reciba un regalo sorpresa!

Oferta especial de tiempo limitado

Rellene el cupón y envíelo a
Harlequin Reader Service®
3010 Walden Ave.
P.O. Box 1867
Buffalo, N.Y. 14240-1867

¡Si! Por favor, envíenme 2 novelas de amor de Harlequin (1 Bianca® y 1 Deseo®) gratis, más el regalo sorpresa. Luego remítanme 4 novelas nuevas todos los meses, las cuales recibiré mucho antes de que aparezcan en librerías, y factúrenme al bajo precio de $3,24 cada una, más $0,25 por envío e impuesto de ventas, si corresponde*. Este es el precio total, y es un ahorro de casi el 20% sobre el precio de portada. !Una oferta excelente! Entiendo que el hecho de aceptar estos libros y el regalo no me obliga en forma alguna a la compra de libros adicionales. Y también que puedo devolver cualquier envío y cancelar en cualquier momento. Aún si decido no comprar ningún otro libro de Harlequin, los 2 libros gratis y el regalo sorpresa son míos para siempre.

416 LBN DU7N

Nombre y apellido	(Por favor, letra de molde)
Dirección	Apartamento No.
Ciudad	Estado Zona postal

Esta oferta se limita a un pedido por hogar y no está disponible para los subscriptores actuales de Deseo® y Bianca®.
*Los términos y precios quedan sujetos a cambios sin aviso previo.
Impuestos de ventas aplican en N.Y.

SPN-03   ©2003 Harlequin Enterprises Limited

Bianca

Era la única mujer que lo había retado...
¡y con la que se iba a casar!

HERENCIA DE HIEL

Dani Collins

El multimillonario Gabriel Dean era tan escandalosamente rico
que cuando Luli Cruz, un genio de los ordenadores, utilizó sus
habilidades para pedirle un rescate a cambio de su herencia, su
audacia solo le divirtió. La inocente Luli necesitaba a Gabriel si no
quería quedarse sin trabajo y la solución de este fue casarse con
ella para que ambos tuviesen el futuro asegurado. No obstante,
al introducir a la sorprendida Luli en su lujoso mundo, Gabriel
descubrió que la química que tenía con su inocente esposa era
impagable...

DESEO

*Lo único que ella deseaba
era hacerle sufrir*

Corazón culpable

JANICE MAYNARD

Desde que J.B. Vaughan le rompió el corazón, Mazie Tarleton se había vuelto completamente inmune a los encantos del atractivo empresario. Había conseguido ponerlo en su sitio y era el momento de la revancha, hasta que un instante de ardiente deseo los pilló a ambos por sorpresa. De pronto, los planes de venganza de Mazie se complicaron. ¿Sería capaz de disfrutar de aquella aventura que la vida le brindaba o lo que sentía era ya demasiado fuerte?

¡YA EN TU PUNTO DE VENTA!